“甘凝，做帝君夫人，可愿？”

“哪怕永生永世，吾愿不改。”

“如此甚好。”

仙上对我爱答不理

槐柠 著

HUAI NING WORKS

廣東旅游出版社

GUANGDONG TRAVEL & TOURISM PRESS

中国·广州

图书在版编目（CIP）数据

仙上对我爱答不理 / 槐柠著. — 广州 : 广东旅游出版社，2020.6
ISBN 978-7-5570-2168-9

Ⅰ. ①仙… Ⅱ. ①槐… Ⅲ. ①长篇小说－中国－当代 Ⅳ. ①I247.5

中国版本图书馆CIP数据核字(2020)第030507号

仙上对我爱答不理

Xian Shang Dui Wo Ai Da Bu Li

槐柠／著

◎出版人：刘志松 ◎总策划：苏瑶 ◎责任编辑：何方
◎策划：封言 ◎设计：Insect Cain酱 ◎封面绘制：小夏

出版发行：广东旅游出版社
地址：广东省广州市环市东路338号银政大厦西楼12楼
邮编：510060
电话：020-87347732
印刷：长沙鸿发印务实业有限公司
地址：长沙黄花工业园三号
邮编：410137
开本：889毫米×1194毫米 1/32
印张：9.125
字数：119千字
版次：2020年6月第1版
印次：2020年6月第1次
定价：36.80元

前言

梦想是条大鱼

从初中时期在笔记本上写下些生涩的段落，到如今完成了第一本长篇小说，中间过去了好多个年头。

还好不算晚。

这个故事诞生于暑假的一个无所事事的午后，恰好看到小花公众号上发布的萌系短篇的征文，就抱着试试的心态写了一周，于是便得到了回报。

其实在这之前，我还有不少投稿的经历，然而它们都无一例外地石沉大海。就像我的热情，也变得不再高涨。

刚好那段时间“香蜜”正在热播，至高无上的火神殿下与懵懂可爱的小葡萄把我的少男心激得肆意荡漾，就是这样的时刻，我想到自己也可以写个帝君与小仙的故事。

原本我从未想过自己的第一本小说会是这种类型，但这个意外而来的故事却幸运无比，它是我第一篇过稿的短篇，还经编辑建议被改成了长篇，就这样一路顺风顺水地茁壮成长。

连我都慢慢地偏爱了它。

特别是快要结局的那两天，我本以为自己会开心地庆祝，终于摆脱这个占据我大量业余时间的“小妖精”。但这个故事真的快完结的那天晚上，我打开电脑，忍不住难过了大概半个小时，还是跟朋友谈心才缓了过来。

那一刻我才发觉，这些最初随意想象的人物已经在我脑海中如此鲜活，我衷心希望他们不是我幻想出来的，而是真实地存在于某个平行世界过着幸福的日子。

有那么一个瞬间，我感觉自己就像个老父亲，看着孩子们咿呀学语，渐渐长大成人，然后离家远去。既是不舍，又是欣慰，还有对自己努力的认可。

写作真是一件神奇的事情啊，这么些年断断续续，好在没有放弃。沉入深海之前，那条大鱼带我浮出了水面，十分感谢。

福州这些天总是一周内有四个季度般的天气错乱，有时候背着电脑去教室的路上，后背的汗水就浸湿了衣服。然而每天写完小说，洗完澡在床上看综艺的时候，又觉得生活中的幸福不过如此了。

高中时我的梦想是这辈子能出一本书，现在实现了，连自己都是惊愕的。那接下来就是能写出一本让很多人喜欢的书吧，有生之年，道阻且长。

希望看到这本书的你能够坚持自己看上去遥不可及的梦想，还有喜欢书里这些我的“儿子”“女儿”。

这本不行，那就下本，总之一定会让你喜欢的！

目录

contents

目录

contents

第一章

蜂蜜味小仙

01

我成仙的那一日，据说天界所有好奇心旺盛的神仙都来了南天门，为的就是看我这个热闹。

原本飞升之前羿仁提醒过我，作为开天辟地以来，第一株成仙的锦罗草，自然会有一些好奇心旺盛的神仙过来瞧瞧我是个什么模样。

我根本没把他的话放在心上，不就是被人看嘛，想当初我被灵犀谷的长老们追着满谷跑，哪个精怪不会瞧我一眼？

这种众星捧月的感觉，我还是有些喜欢的。

可是我错了，羿仁骗了我。

当我看到南天门前挤着各色云彩，宛如凡间赶集的农妇们的仙家时，心中顿时一凛。

这哪是一些好奇的仙家啊？全仙界的仙人都来了吧！这些做仙的是有多闲？

我还未想好如何面对如此多仙人扎堆出现的场面，对面的同伴们似乎注意到我要从升仙台出来，一个个铆足了劲儿，脸憋得通红想要挤过来。

“仙子仙子！让我看看你倾倒帝君的美貌吧！”

“走开啦，凭你也配？仙子展露一下你打败魔主的高绝法术吧！”

“哎呀！你别挤我！这可是我刚从幻璃宫买的限量版仙云……”

感觉这些神仙的生活挺丰富的啊……不过他们说的帝君是什么意思，怎么和我扯上关系，还有打败魔主的也不是我啊？

习惯了灵犀谷行事风格的我不喜纠结，直接运足一口仙气朝对面大喊：“你们瞅啥呢？没见过飞升是不是？”

对面沸腾的人群忽然静止了一秒，随后，那花团锦簇中蹦出一个极艳丽的仙子回道：“你别怕！我们就想瞧瞧能和帝君同居的姑娘是怎样的沉鱼落雁之姿！”

我微眯起眼，这位姑娘很对我胃口，为了美色堵了南天门，很有胆色。

于是羿仁赶来南天门时，便看到我与那位仙子忙着一来一回唱山歌似的互相大喊，看样子一时半会儿扯不出个子丑寅卯来。

我正喊得高兴，突然，袖子被扯了扯，我不耐烦地回头一瞧，就见羿仁笑里藏刀地看着我。

事实证明，当初在凡间时羿仁那副乖巧老实的模样多半是怕渊华而装出来的。

接下来的整整一个时辰里，原本温润如玉谦谦公子形象的羿仁与那位唤作“钧芜”的仙子不停地围绕我在凡间的所作所为进行争论。

周围那些看热闹的神仙则“见异思迁”地把他俩当成热闹来看，我也乐呵呵地掏出一把爆炒蜜蜂，边吃边看戏。

不过这两人的争论着实有些奇怪，讲道理，与人争辩不应该是揪着别人错处，以点破面，瓦解对方的理论吗？

他们倒好，一说到“帝君”这俩字儿就缄口不言，然后又将话题引到我身上，循环往复。

这是什么情况？柿子挑软的捏吗？

虽然我只是一介刚飞升的小小仙，但好歹也是救过一国百姓于水深火热之中，更重要的是，我可是开天辟地以来第一株成仙的锦罗草！

要知道作为凡间随处可见，被各家各户种植的一种廉价捕虫草，我能修炼成仙可谓是寒门出状元！

光耀门楣！光宗耀祖！

愤愤地将手里的蜜蜂吃完，我气运丹田，就要做隔绝他二人之间耀眼的勇士时，凭空一股飞射而来的灵力就将我要脱口而出的话给打散了。

要知道，此时我是用了大半灵力准备镇住场子的，结果要释放出的灵力就被打了回来。

我一个没稳住，当场灵力失控，在仙界一群好奇心旺盛的神仙面前，放了个响当当的屁。

一时间万籁俱寂，连羿仁与钧芜都停下来望着我，众仙家目光如炬。

我深吸一口气，让自己冷静下来，脱口而出道：“是蜂蜜味的欸。”

升仙台上云烟渺渺，我站在其中苦涩难言。

或许多年后仙界典籍会有这么一段趣闻记载：开天辟地以来第一株成仙的锦罗草名不副实，无底线、无节操，在升仙台当着众仙的面放了个屁，还美其名曰蜂蜜味的。

如果此刻我从升仙台跳回凡间，是会被当作凡间的贞烈女子那样得块牌坊，还是被认定为畏罪潜逃呢？

仙途坎坷，谷主诚不欺我。

作为在凡间与我有生死之交的战友，羿仁肯定是要为我说话的。他轻咳一声，幽怨地瞥了我一眼，硬着头皮道："让你们堵着南天门，她才经历完飞升之劫，又初到仙界水土不服……人家小姑娘脸皮薄，这样被你们欺负不敢辩驳，你们还不表示一下！"

谷主说得没错！谷内靠谷主，出谷靠朋友。能有羿仁这样的朋友，我怎能令他失望呢？

在灵犀谷时，我就常看水仙姐姐施展泫然欲泣、楚楚可怜的演技，由于这招实在有用，我便偷学了过来，自觉没学到全部，也有七八分的功力。

这不我眼眶含泪，翩然给众仙家行礼，哽咽道："都是小仙不好，尚未从九天雷劫中恢复过来。扰了众位仙家清静，我不配待在这仙界，我这就跳下升仙台，免得玷污了这片仙家宝地。"

说罢，我作势就要往下跳。

果然，水仙姐姐这套秘术实用得很，立马便有仙友急匆匆劝我，还起了连锁效应，大家还反思起了自己的错误，除了钧芜仙子仿佛看透一切的眼神，其他人无不愧疚。

我心满意足地退回来，脑袋却感觉撞上什么硬邦邦的东西，寒意陡然升起。

我僵硬地回头，啊，是司弘上神。

我正要一鼓作气跳下去时被他扯了回来，他的胳膊跟钢铁浇筑似的坚硬，我放弃挣扎垂头丧气地任由司弘逮着。

没想到司弘这么快就回了仙界，在凡间时他斩杀魔王的英姿还历历在目，我可不敢反抗这尊仙界战神。

而羿仁这厮自然是兴高采烈地凑了过来，眼中含着清澈的光亮，温柔地开口："司弘哥哥，你来啦，不好意思，这点事情就惊动了你。"

我翻了翻白眼，谁还不知道你巴不得多惊动惊动司弘呢，装得比我还水仙。

在凡间与羿仁闲聊时，羿仁便曾与我提过他报恩司弘上神的心思，谁料见了真人互动，这腻歪程度远超乎我的想象。

也难怪人高马大、满面络腮胡的司弘上神并不吃这套，笔挺的身姿没有丝毫动摇。

许是看我被他的司弘哥哥拦腰扛着吃醋，羿仁轻声细语道："这次甘凝不懂规矩，司弘哥哥看在她灭魔有功的份上，就不要惩罚她了。”

果不其然，在羿仁满是仰慕的眼神中，身侧一直沉默的司弘上神往前迈了一步，凌厉的眼神扫向一众慌慌张张的仙家。

“南天门前也是你们放肆的地方！还敢嚼帝君的舌根，我看有些人是要下凡再历劫去。”

不愧是仙界战神，司弘只要站出来威吓一下，那群把南天门堵得水泄不通的小仙立马作鸟兽散，化作道道流光回归各处。

我不禁遐想,若是有凡人抬头定会把这般景象看作流星雨，然后兴致勃勃地许愿吧。

面色冷峻的司弘上神回首避开羿仁崇拜的目光，拱手与我们辞别，便匆匆离去。

还没来得及问司弘那股害我放屁的灵力是怎么回事呢，我家羿仁有这么可怕吗？不就是多看了你几眼吗？

然而瞧了瞧这人花痴的模样，我担忧地想到，或许还真有。

“嘿,人都飞出十万八千里了。”我伸手在羿仁眼前晃了晃。

“不碍事，我曾专门与千里眼学了门增加目力的法术，这点距离阻不了我追随他的心。”

见他这副模样，我忍不住就是一阵恶寒，恩情难偿，果然害人匪浅啊。

好在羿仁也没全然忘了我这个战友，片刻他收回目光后，便领着我去办理新仙的各种手续，熟悉仙界。

02

一滴血液融入莹白的玉环，光华流转间，便套在了我的手腕上。

“好了，你已是仙界的正式公民，接下来决定去哪儿入职后便可领取例份在仙界生活下去了。”

负责注册的仙官见我由羿仁这个老君府的一把手领着进来，态度语气明显恭敬奉承。

不仅好茶好吃地伺候着，还将各宫职位交给我细细翻看。门外其他排队等候的新仙的抱怨声不绝于耳，我有些不好意思，瞥了眼神游天外依然神情高傲的羿仁，清了清嗓子道：“这册子上怎无渊华帝君的府邸，难道是不缺人吗？”

仙官脸上的笑僵了一瞬，才讪讪道：“这位仙友有所不知啊，帝君向来是个清冷的性子，不喜人多。除了必要的侍者外，府中是不收任何外人的。”

我也是刚刚才知道那劳什子的帝君竟是渊华，想到他在凡间时的那副纨绔子弟样我就想不通，仙家们怎么会选这种人做帝君？不过，好在以我与渊华之间的，呃……战友情，想必他定会待我不错。

羿仁也在一旁和和气气地劝我："你们也不差这一时相见，当务之急是先安顿下来，你要不就来老君府，有我罩着，绝对保你流连忘返。"

人在屋檐下不得不低头,羿仁和小仙官紧张兮兮地望着我，我也不好犯倔。我赶忙做出一副哀而转喜的模样，大大咧咧地答应羿仁，让他们都松了口气。

这些技巧，是我早在灵犀谷时哄骗长老们用烂的手段了，想不到在仙界还有重拾的机会。

新仙因为法力浅薄，都会有由仙界派发最容易操控，但速度最慢的棉花云帮助飞行。

据说这些棉花云都是由司掌草木的蓉婵上神挥手而就，虽然速度慢但安全稳妥好驾驭，新仙熟练掌握后使用其他仙云也就轻松许多。

棉花云名副其实，整个人趴在上面就像陷进一团棉花里似的，绵软舒适得令人昏昏欲睡，我很是喜欢。

羿仁哭丧着脸看着棉花云里打滚的我，再次劝道："渊华毕竟是帝君，虽曾与你在凡间一同救国灭魔，但你这主动上门给人做事终归是不妥。还是来老君府吧，我虽然没有帝君那般地位，但大小也是个管事的，照顾你不在话下。”

我搂紧棉花云，心想：能有帝君那么粗的大腿抱，哪还用得上羿仁一个管事的呀，到时候还不得由我来罩着他。

当然这话不能说出口，怎么说人家也是一番好意，我总不能不识趣吧。

我立马端坐起来，板起脸严肃回道：“我也不是为了抱大腿才去渊华那儿……谁让他欺瞒我，明明都是至高无上的帝君了，还说自己只是个小仙官，这不明摆着怕我攀高枝嘛！我就要去争口气，让他知道我也是凭自己努力吃饭的。”

见我依然不为所动，羿仁叹了口气，告诉我昆吾宫该怎么飞后就目送我离去。

那时我心里只有将要见到渊华的欣喜雀跃，没有注意到羿仁眼中浓重的担忧。

渊华，那日凡间一别，我很想念你，和你的怀抱。

日后我才知这种心情叫作好感，可惜我还未来得及悟透，它便卒于摇篮里了。

帝君所住的宫殿唤作昆吾宫，位于三十二重天的一处僻静角落。仙界自三十重天以上便是上神居所，三十三重天曾是父神所有，如今已被各位上神封锁。

身为仙界帝君，居于三十二重天理所应当，但于我无疑是一场磨炼。

无他，要用棉花云飞到三十二重天实在是太慢了！

虽然舒服是舒服,但光是飞到十八重天我就花了两天时间，遥望三十二重天的方向，简直比当初灭魔还要压力山大。

等到了昆吾宫定要渊华好好补偿我!

带着这样的信念，七天后，连人带云瘦了一大圈的我终于飞到了昆吾宫大门前。

五彩烟霞笼罩的巍峨宫殿前，两个侍卫注意到了我，我还犹豫着自己这副憔悴的样子会不会不适合拜访，那边侍卫们直接就将长枪指向我。

“闲杂人等勿扰帝君。”

什么？想我与渊华生死之交，共斩魔头，他居然都没和下属交代一下我要来仙界与他相见的约定，可恨，可恨。

我摆起笑脸：“两位大哥难道不知前几日新飞升的那位与帝君一同在凡间灭魔的锦罗草仙吗？正是在下啊！”

其中一个看起来精明干练的侍卫狐疑地打量我：“听说那位仙子是沉鱼落雁、闭月羞花的倾国之姿，你这冒充也得冒充像点吧。”

怒气冲头已经无法形容我对这个嘴下无德的侍卫的愤怒了。

本姑娘虽说不算什么绝色，但也是在谷里容颜排得上前五十的，今日却遭一个侍卫的蔑视！

我直接恼了，上去就揪着那人领子要和他拼命，回头再和渊华告个状。

谁知他面不改色，淡然冲对面行礼：“见过帝君，见过上神。”

我仓促转身，只见锦衣华服的俊逸青年与清妍秀丽的女子并肩伫立，两人好似从笔调唯美的画卷中走出的一对璧人。

他和那时在凡间的模样相比，依旧是一身玄色长衫，清越卓然、一身风华，只是气质变得高贵冷冽，眉目间是我不曾见过的沉敛疏离。

我的心像是遭了场突如其来的风雪，狠狠地颤抖了几下，有些慌张。

我手忙脚乱地松开那侍卫的领子，强装自然，梗着脖子道：“渊华，你家的侍卫要拦我，可不是我故意来砸场子的啊。”

许是我飞升之劫渡得太过容易，到仙界之后麻烦接踵而至。

渊华幽深的眸子在我身上停留片刻,便挪开注视两个侍卫,不带任何情绪。

他漠然训斥:“连个门都看不好,留你们何用?”

他们跪伏在地,不断认错。

渊华身侧的女仙做了个和事佬:“不过是个仰慕你的小仙,他们许是心软想着她也没犯什么错就由着她在门口待着吧。”

雍容和雅,温柔大气,相比之下,我就像天鹅身边的鸭子一样。

她替侍卫们开脱后,又让身边的一个侍女赐了一瓶恢复灵力的玉液给我。侍女不屑地瞥了我一眼:“帝君也是你这样的小仙能妄想的吗?整个三界唯有我们上神才配站在帝君身侧,你还是老老实实干活吧。”

说罢,她便与渊华以及女仙一同进了昆吾宫,浩浩荡荡的一群人散了后,只有我留在门口发呆。

宫殿前,清澈的灵泉九曲回肠倒映出我狼狈憔悴的样子,站在泉边饮水的仙鹤也扫了我一眼就不愿多看。

我握紧手里的玉液一饮而尽,踏上棉花云飞行。

很多话没能说出口,也没了说的必要,那位帝君再不是我凡间的渊华。

三十二重天太过高寒,我要去适合自己的地方。

03

飞下三十二重天后，我迷茫了。

棉花云在空中打着旋儿，四面八方皆是相差无几的云朵楼宇。早知那时候便先问问羿仁老君府在哪儿了，都怪我太过自信。

降下棉花云缩在一处僻静的角落，先前一口气从三十二重天冲下来，不知到了哪儿，灵力却耗了大半。

正调息发呆时，肩膀被人轻轻拍了一下，我看过去，是那个在南天门与羿仁争辩的仙子。

“怎么啦，一人独自藏匿在蟠桃园，是不是想学那猴子偷灵桃？羿仁可是满仙界找你呢。”

和那天艳丽的打扮不同，她今日着了身琉璃色长裙，如瀑的长发扎成了两根羊角辫，如同凡间明媚活泼的农家少女一般，蹦跳着就在我身侧坐下，丝毫不怕生的样子。

没想到待我最好的还是那个与我互相奚落吵闹的羿仁，我心中酸楚，闷声回道：“劳烦他了，都是我太不懂事，没听他的劝，去自取其辱。”

“你还记得我吗？介绍一下，我叫钧芜。”她笑容温暖，大大咧咧地搂住我的肩膀，“没关系的，羿仁是最嘴硬心软的，我那时候将他与司弘的事传给了三重天的所有神仙，他也就生了两天气。”

我惊恐地往旁边挪了挪屁股，敢情这主是个八卦仙子，那我这与帝君在凡间同居过的女仙还不得被扒得皮都不剩。

似是看出我的担忧，钧芜哈哈笑着拍拍我：“你别怕，我也不是那种缺德的仙，就是说说有趣的八卦，你这明显伤情，我再雪上加霜岂不有损阴德？”

我松了口气，好在钧芜是个好姑娘。

“不过，如果你硬要宣泄心中的郁结，我非常乐意倾听。本仙对帝君发誓，绝不向外泄露分毫！”

弯成两道月牙的眼睛明晃晃地透着狡黠，又让人生不起厌恶感，不过对渊华发誓是个什么情况？帝君都这么忙碌的吗？

我直接破罐子破摔，将三十二重天的遭遇一五一十地都倒豆子似的告诉了钧芜。

有个好的听众，无疑能让人吐露畅快。她时而义愤填膺，时而轻抚我的肩膀以作安慰。

就这样，我们一直聊着聊着，直到卯日星君回宫，蟠桃园里当差的仙侍们开始巡视，这才悄悄离开。

仿佛是，我刚成精时与灵犀谷中其他精怪一起玩耍的时光。

钧芫成仙也有五百余年了，驾驭的云彩自然不是新手才用的棉花云，而是瑶池特制的净莲云。据钧芫说，她虽有着瑶池女官的身份，但也是咬牙攒了数月的俸禄才得来的。

不过一分钱一分货，这净莲云无论造型、速度、功用都远胜我那简陋的棉花云，而且云上萦绕的清香都沁人心脾。

我趴在云上幽幽地叹口气，钧芫疑惑："怎么，飞太快晕云了？"

"没有，我只是有点泛酸。"

"哈哈哈，你个锦罗草真有意思。"

……

我忽然想起什么似的，问她："咱们这是要飞哪儿去？好像不是下几重天的方向吧。"

"啊，羿仁没告诉过你老君府在哪儿吗？"

"呃，他可能忘了吧。"

钧芫用力一拍净莲云，愤愤道："那他满仙界找你不是自找麻烦吗，早告诉你不就方便多了。"

"呵呵……"我没好意思告诉她，那时我忙着飞去见渊华，对羿仁说的话基本是左耳进右耳出。

听了钧芫的解释，我才知道老君府不在三十三重天内，太乾老君贵为父神于世时就已存在的上神，早在三十三重天之外开辟了一处专门炼丹的道场。

为了保护其中众多的仙丹妙药，要想过去的话，得从十八重天的一处传送阵传送才可抵达。

我之前曾想过自从飞升仙界后运势一直不好的问题，现在看来这并非我胡思乱想。

十八重天的传送阵前，我们遇到了蓉婵上神身边的侍女萱庭，也是钧芫这个八卦仙跟我介绍后我才得知，前几日与渊华一同入府的那位女仙竟是司掌草木的蓉婵上神，难怪我一介锦罗草对上她就跟遭了霜打似的。

十八重天的传送阵其实不止可以传送至太乾老君府邸一处，不少仙家福地玉宇琼楼都可用此阵传送，传送阵布置在一座巨大的空中浮岛上，来来往往的仙家众多，所以遇上从渊华那儿回来的萱庭也不奇怪。

我这些天心情才好了不少，不想与她对上，扯扯钧芫的袖子，同时眼神瞥向正被众仙众星揽月般围着的萱庭。

钧芫不愧是八卦与通情达理并重的仙，秒懂我意思后，拉着我就要偷偷藏在人群中想神不知鬼不觉地去老君府。

谁知八卦仙子的人缘好得不是时候，人群中一个看起来不过八九岁的小仙童瞧见了躬身前行的我们，兴高采烈地大喊了一句：“钧芜，你怎么弯着腰躲在人背后啊，要不要去我那儿玩？”

所谓浓缩就是精华，这仙童个子不高，嗓门倒是能让半个岛的仙家都听见，自然包括忽然饶有兴致地走过来的萱庭。

钧芜跟我紧紧靠在一起，她怒视那仙童一眼：“火苗你个猪！回头找你算账！”随后愧疚地拍拍我，“甘凝，这次都是姐妹管教不力，放心，我是不会让你吃亏的。”

我心下颇为感动，说实话我来仙界也只是为了履行与渊华的约定，虽然他是没戏了，但能有钧芜和羿仁这两个朋友也算不虚此行。

只是钧芜加上我的战斗力也远远不及口齿伶俐的萱庭，也不知这女人原身是何物，短短一炷香的时间内，她从羞辱我不知廉耻高攀帝君不成来勾搭瑶池的女官，到钧芜修行多年没任何长进恐怕要熬成老嬷嬷，连带着替钧芜说话的火苗童子都被嘲讽得体无完肤。

我们三人“遍体鳞伤”地靠在一起，那萱庭依然滔滔不绝还是没说够的样子。周围有看不下去的仙家劝解了两句，又迫于其主的压力被赶走了。

萱庭居高临下地瞧着我们，轻蔑而高傲的神情实在令人生厌。

“今天你们想要过传送阵可以，不过得叫我三声姑奶奶才能走。”

钧芜和火苗童子气愤地瞪着她，唯有我是震惊的。

这就使得萱庭皱眉将矛头指向我：“你不气？”

我甚至笑了起来：“长这么大，我还是头回见到有人想把自己叫老，好笑还来不及，有什么生气的？”

钧芜立马十分配合地哈哈大笑起来，火苗为了配合钧芜也傻呵呵地笑了。

我们的笑声想是扎得萱庭耳朵疼，她恼羞成怒，一耳光就要冲我扇来，谁都来不及反应她居然会动手。

我都闭上了眼，想着大不了挨过一掌再还回去，却听熟悉的清冷嗓音响起：“不遵礼数，仗势欺人，蓉婵平日就是这样管教你的吗？”

我睁眼，只见神色慌张的萱庭痛哭流涕地向渊华求饶，悬在半空的手掌被他牢牢地钳制住。

我茫然抬头，他深邃的眸子对准我的瞬间，戾气一闪而过。

果然还是厌弃我的吧。

旁人自然没有察觉，钧芜行礼后还激动地抱住我，低声叫道：“帝君帝君！帝君是来救你的！一定是这样！”

我心知肚明，又不好解释什么，只能让她冷静点，虽然并没用。

身姿挺拔的渊华着一身玄衣，如万载玄冰般寒冷的神色不怒自威，更何况他此时拎起萱庭甩到地上，谁都看得出帝君大人心情不好。

传送阵上光芒一闪，蓉婵上神姗姗来迟。萱庭见了救星，立马朝着她磕头请罪。

出乎意料的是，蓉婵只是施法定住萱庭，任她的慌张凝固于脸上，涕泗横流，然后长袖一卷将她收了。

我们本以为两位上神会为此有所争执，然而蓉婵收了萱庭后，便和渊华一同踏上传送阵回三十二重天，他们好像心知肚明对方的反应，就是旁人看不清这局面。

不知为何，我总觉得传送阵光芒一闪而过的瞬间，阵中的两人看向了我，他们的眼神都令我发寒。

没来得及多想，钧芜兴奋的喊声将我唤回了神——

“羿仁，这里！”

人群另一边，眼眶泛红的青衫少年快速奔向我们，还未等他到我们跟前，我就已经捏着耳朵做好了被他好好训斥责备一番的准备。

然而他只是仔仔细细地检查我有无受伤、精神如何，简直比谷主还要细致。

见我无甚大碍，他才开口：“走吧，随我去老君府，你就不用受这般委屈了。”

“好。”我这回没再犟。

倒是身边的火苗童子蹦跶着吱哇乱叫：“什么？她根仙草去老君府当差，那不是找炼吗？”

我一滞，火苗被钧芜捂住了嘴，小胳膊小腿没再折腾。

羿仁连忙解释：“老君要炼丹也不会拿锦罗草炼啊，他老人家有门木灵炼丹术正好适合你，你要是运气好说不定能成老君的弟子呢。”

“那就好，那就好。”我讪讪一笑，勉强接受了这个说法。

“那既然大家都没事的话，就一起回老君府吧。”羿仁扫了我们三人一眼。

我提问：“火苗也是老君府的？”

从钧芜手上挣脱开，火苗仰头高傲地“嘁”了一声：“本童子可是老君座下专掌火焰的，经常给他打下手呢。”

看来这小家伙是个极傲娇的，我心中暗想，但面上还是敷衍了一下：“哇，你好厉害哦。”

火苗看我这个新人的目光立马柔和了许多,似乎颇为受用。

羿仁一路领着我们到了老君府的传送阵上，负责传送的仙官对羿仁应该很熟悉，连令牌都没检查就让我们通过了。

听完几点注意事项后，传送阵便启动了，金光一闪，我只觉一阵头晕目眩，就到了另一处天地。

“怎么样，还不错吧？”火苗童子从背后骄傲地来了一句。

我望着眼前的景象，缓缓开口：“仙气氤氲、鸟语花香，只是……”

“只是什么？”火苗不开心地皱眉道。

“那边的黑烟有点违和。”

“啊！老君又炸炉了！”

从各种意义上来讲，我都觉得自己上了艘贼船。

04

我是个喜好幻想未知的仙，上仙界前幻想和渊华见面的欢喜场面，进老君府前幻想太乾老君的模样：大抵是个和蔼慈祥、须发洁白的老者。

事实证明，我最好戒了这个爱好。

老君府里一处完全被夷为平地的偏殿前，一个衣衫褴褛、面色黝黑的老头痛心疾首地对着一堆炸得稀烂的废铜烂铁哭号，羿仁和火苗一个忙着抚慰，一个嘴上不停数落，好不热闹。

而那老头显然不领情，兀自对着废铜烂铁喃喃着些珍贵药草的名字。

钧芜扯扯我："从前来老君府做过几次客，恰好没遇上炸炉，他老人家其实挺和善的，你姑且先忍忍。"

我勉强咧嘴一笑，刚要附和一声，忽然闪现一阵柔和的灵光托起我飞到老君身前。

他鼻子耸动两下，思索道："有些像菟丝子，和猪笼草又有点相似，可又有蜂蜜味？"

我弱弱地解释道："是锦罗草。"

"什么？锦罗草！怎么可能，那种吃虫子的草从未有过成仙的先例！"

老君急得跳起来大叫，抖了我一身黑灰，惹得我猛咳了两声。这老头真是蛮不讲理，什么不可能的，我不就活生生地站在他面前，还不相信。

而羿仁不知道用传音秘术和老君说了些啥，转眼他就接受了现实。

老君终于平静了下来，肃然拍拍我的肩："自今日起，你便是老君府第三大弟子了。"然后，他骄傲地期待我的反应。

经历过一连串的风风雨雨后，我再也不是初入仙界的那个愣头青了。老君宣布我是老君府第三大弟子后，我第一反应是“整个老君府就三个弟子吗”？

羿仁颇为体贴地为我补充：“老君府自然是有其他做杂事的下人，但与丹药有关的炼制、保管、输送等工作都需要我们这些弟子来做。”

我拉着钧芜扭头就要走：“听说瑶池有许多仙侍都是仙草当值的……”

“站住！”一团炽热的三昧真火破空落在我面前，老君先前和气的神态荡然无存，阴险的笑容令我毛骨悚然。

钧芜哭丧着脸松开我的手：“姐妹今日一别不知何时才能再见，留得青山在不愁没柴烧，我会照顾好自己的。”说罢，便驾着净莲云破空而去，速度之快，在我这些天见过的仙云中可以说是数一数二的。

就这样，我留在了老君府，成了第三大弟子，难言好坏。

不知不觉过了三个月，在羿仁的帮助下，我顺利地从仙侍的职务做起，做些招待求药之客和送丹的杂务。

一来二去，我便很快与大部分神仙熟络起来，经常无事时与众仙饮酒作乐，日子过得十分快活。

至于渊华，虽说我不断告诉自己我们之间的鸿沟犹如人妖殊途般，自飞升那日初见他的身影后，我依然时常想起，仙心总会变得温热剧烈，但按谷主的话来说，这就是年轻不懂事，想来再等我长个几岁，估计都能将这青涩的好感当作笑谈了。

今日闲来无事，我突发奇想地想让老君教教我炼丹。之前他老人家总说先让我熟悉药性基础，但我是一株在灵犀谷长大的锦罗草，大多数仙草是个什么情况就像亲人似的门儿清，有什么好熟悉的。

我这些天越发觉得老君说不定只是留我给府里祛祛丹火气，心存怀疑的我悄悄溜进了炼丹室。

原本在羿仁的耳提面命下，老君为每间炼丹室都布置了防火防爆的禁制，加上原有的守护结界，炼丹室可谓个个固若金汤，就算太乾道场炸了，炼丹室都不会炸。

可惜老君今日炼丹偏偏选的是我管理的木灵丹室，其中的禁制术法我早就偷偷破解过，伸手在禁制上一点，碧绿的灵光自指尖散发将禁制消融出一个大洞，混进来简直易如反掌。

一脚刚踏进去，“轰”的一声，炸裂的丹炉碎片混着药渣瞬间扑面而来，我下意识地赶紧施起灵力护盾。

尘埃落定后，我忍不住腹诽这些天老君的炸炉率简直高得可怕，难道老君上了年纪手法迟钝了？

室内传来他老人家骂骂咧咧的斥责声，我好奇地进去，只见火苗童子耷拉着脑袋，撇着小嘴，眼泪就快要掉下来。

“刚刚叫你火小点火小点，耳朵是长猪身上了吗？你知道这炉丹药都是用修炼万年不得成形的贵重仙草炼制的吗？木灵力加起来能抵得上一位上仙的修为！你怎么就这么……”

见这场面实在惨烈，火苗平时虽傲娇，倒也是个好孩子。我也顾不得私闯炼丹室的罪名，站出来替他开脱：“老君您大人有大量，灵力那么多炸炉自然也是情理之中，要不我用您前些日子教的萃取之术看看能留存住多少草药精华，也比干坐着要好。”

见我有主意，老君这才哼了一声，没再对火苗发火。

得到老君同意后，我默念口诀，掐起术法。四散的丹炉碎片中一点点灵光受到召唤集中至我的面前，浮于半空。

等我将所有草药精华都唤回，面前的灵光已是凝结成一颗晶莹的翠绿色丹丸。

老君迫不及待地将丹丸拿过去查看：“不错，灵力只损失了稍许，药性看来也没流失多少，再加些材料淬炼应该能用。”

我和火苗都松了口气，老君人是很好，但在丹药一事上很是执拗。如今见他不再计较，火苗甚至感激地偷偷传音于我，邀请我参加瑶池的酒会。

我心下十分激动，连忙答谢火苗。这段日子我因学习基础事务，都没机会外出，平时也只是与常来太乾道场的仙家们一起聚聚罢了。

瑶池仙酒闻名仙界，不仅味甘醇厚，还具有调息灵力、增长修为等功效。当初蓉婵上神赐我的那瓶恢复灵力的玉液便是瑶池特产的仙酒之一，可惜听羿仁说钧芜忙于瑶池酒会布置一直没能送来请柬。

而老君是个只爱丹药的老头，对仙酒无甚兴趣，故而我们老君府都是没有请柬的。这次还是火苗为了见钧芜，花了不少他私藏的灵丹贿赂一位仙官才得来的请柬。

老君得了丹丸后依旧留火苗下来帮忙，看来他也没真的生多大气，而我因为萃取药材有功，老君终于传授了最适合我的萃丹之术。

过了个把月，我在房中百无聊赖地练习萃丹之术时，火苗与羿仁敲门进来唤我一同去瑶池参加酒会。

我疑惑道："羿仁你是哪儿来的请柬？"

他忽然有些尴尬："拿灵丹跟司弘哥哥部下换的。"

"司弘上神也会去酒会？"我震惊。无他，以上神的身份断然不会降尊纡贵参与我们这些小仙的热闹。

羿仁今日还特地好好打扮了一番，玉树临风，他笃定道："与我换请柬的那人是司弘哥哥的亲信，他肯私下将酒会请柬与我交易，必定是得了司弘哥哥的授意，来暗示我与他共同赴会……”

于情于理，我与火苗都表面为他鼓掌，然后暗地传音：又有八卦能和钧芫分享了。

从传送阵过去瑶池并不远，我们很快到了传说中的瑶池仙境。

花瓣如雨，绚烂的流光将瑶池装点，围绕着中央的瑶池，一桌桌仙家酒酿依次排开，不少人已入座把酒言欢。

火苗一眼就瞧见一张桌上和周围仙家相谈甚欢的钧芫，拉着我们过去入座。

钧芫见到我们很是惊喜，上前与我们陆续拥抱，唯独火苗被轻轻搂了一下就小脸通红。

一个个抱完后钧芫还想说些什么，就被一旁等得急不可耐的仙子们催促道：“刚刚才讲到蓉婵上神进了帝君府邸，后来如何了，快说快说。”

果然这个女人的嘴根本没把门，但好在她没暴露我。我眼带威胁地看向钧芫，钧芫有些尴尬地冲我讪讪一笑，转移话题道：“上神的私事我们还是不好妄议，加上感情一事也复杂……”

钧芫这话还没说完，有位仙子就极其配合地搭腔道：“钧芜此言，就好比我与卯日宫的那位星君。”

我们附近几桌人赶忙竖起耳朵听，生怕有什么错漏。

“我自认长相不差，性格也还行，待他也是一等一的好，努力在他跟前表现自己。可他永远都是很客套地回应我，我不搭话就永远不会找我，诸位评评理，凭什么我要受这般委屈？”

这位仙子想必是有备而来，就是要借着酒劲在瑶池好好宣泄自己的私愤，以便用道德绑架星君。我刚要客套地安慰一二，身侧的火苗童子却忽然号啕大哭起来。

祖宗啊！你这时候凑什么热闹啊！

火苗自然听不见我内心的请求，只是边哭边号：“我也是如此啊，我全心全意待她那么好，她却从未另眼相看过我半分，难道要等我恢复原身才能成功吗？”

那仙子被他打断了计划，众人注意力都被火苗吸引走，她当然没啥好脸色，小声嘀咕道：“那可不，谁会喜欢一个乳臭未干的孩子？”

她应该庆幸自己说得小声，也就我们这一桌能听到，火苗忙着哀伤没注意，不然我非化为原形把她吞进嘴里好好嚼一嚼不可。哼哼，我们锦罗草吞虫子的架势可吓人了。

关于火苗原身这件事仙界多数人都知道，我也是入了老君府数日后，才听府里的仙侍说起过。

当初老君志向远大，想炼制令人返老还童的仙丹，期间工程浩大过程曲折不得而知，最后出丹时整个三十三重天都来观礼。

最后老君让自己辛苦打下手的二弟子火苗试丹，他就返老还童，从一个身高八尺的英俊青年成了如今还没我腰高的小娃娃。

据说他哪怕不停用三昧真火灼烧体内药性，最起码也得五千年才能恢复原形。

也因此火苗喜欢那人却从不敢开口，我们旁人虽看得出来，但也不知如何相帮。

钧芜手忙脚乱地哄着火苗，我看得甚是有趣，戳了戳羿仁就要拉他一起聊八卦。

戳两下没反应，我扭头，不会吧。入场时还是翩翩美少年，现在怎么眼神空洞，忧思密布？

我赶紧把酒杯推得远远的，生怕变成他们那样。

羿仁倒还好，如果说火苗是小孩哭闹，他则是美人落泪，一腔愁绪隐而不发，泛红的桃花眼中流出一滴滴晶莹的泪水，真是我见犹怜啊。

他不说我也知道他心里的那点小九九，大抵是未能见到司弘上神又被火苗带动了情绪，而我又何尝不是。

钧芜刚将火苗哄得平静下来，又见我和羿仁也情绪低落，这个豪爽的女人终于受不了我们这些酸兮兮的模样。

当下，她一拍桌子，提议：“大家今日既都为情所困，倒不如一同去月老府查查姻缘，以解心结。”

这提议一出，一群看热闹不嫌事大的神仙就起着哄答应了。大家也都是酒劲上了头，一个个东倒西歪地驾着云飞往月老府。

我一颗仙心跳动剧烈，极为慌张。

钧芜驾着云，关切道：“甘凝，你别害羞，那么多人一起瞧姻缘呢。”

我面露难色：“喝酒不驾云，驾云不喝酒！我快吐了！”

第二章

小草与大神

01

我躺在钧芜的净莲云上不知不觉地睡着了，梦见了初见渊华的情景。

那是数月前，我刚修回人形不久。身为吃虫的灵草，修行本就不如那些吸收日月精华的精怪来得快，哪怕是重修，所需的灵力也是个庞大的数目。

于是，我决定出谷寻求机缘。

本以为谷主会一如往常般严令禁止我出谷，没想到她老人家许是看我辛苦修炼不易，难得允了我一次。

为了防止再遇到那吸取灵力的怪鸟，我很快就离开了从小居住的灵犀谷，踏上游历天下的旅途。

途中我也的确在几处洞天福地得了许多好处，灵力比起从前埋头苦修时涨得飞快。尝了甜头后，我开始有意识地寻找洞天福地。

然而世间诸多宝物福地多数早被修行者们清了个空，之后的一段时间内我基本上是一无所获。

一日，我又找寻宝物失败，肚子不争气地先叫出声，正巧遇上一只鬼鬼祟祟的甲虫怪。

作为一株锦罗草，浪费虫子是可耻的。我三下五除二就将那只甲虫怪收拾了，将它绑在一棵大树上，准备生火吃顿好的。

这虫子灵力不高，嗓门倒大，哭爹喊娘求爷爷告奶奶地让我饶它一命。

我抽出一根烧得正旺的柴火，在甲虫怪的脸前比画："本座平日也是株一心向善的好草，奈何我饶了你，我的肚子可不答应。"

甲虫怪一听顿时吓得涕泪横流，连哭带号地告诉了我一个秘密：楚国皇宫内藏有传说中可增长修为的珍宝万年石乳。

火焰在甲虫怪的面前转了转圈，我噙着笑威胁道："你说的若有半分虚假……"

"那我就成为你的腹中餐！"甲虫怪忍辱负重。

一个时辰后，吃饱喝足的我踏上了去楚国的路途，那只甲虫怪自然被我吃得连壳都不剩。游历凡间这几个月，我遇到的尔虞我诈简直不要太多，放虎归山这种傻事我才不会做呢，更何况填饱肚子要紧。

至于这消息是不是甲虫怪为了保命而编造出的，我倒不在意，本姑娘向来不强求得不到的事物，当初被那只该死的鸟吸光灵力变回原形，我也就是怨怼了两天，就专心修炼了。既然木已成舟，再执拗也不过是徒增心结，还不如想办法早些补救。

若甲虫怪说的是真的，那我不就刚好得此机缘；就算是假的，反正现在也无头绪，就当游玩罢了。

到了楚国的城门前，熙熙攘攘的人群率先吸引了我的注意力。

施了点小法术挤到门前，只见众人对着一张皇榜兴奋不已地讨论些什么。

路人甲道：“皇上真是病入膏肓了，宁愿寻些虚无缥缈的神仙道士来治病，也不愿将立储的事定下。”

路人乙道：“还不是因为目前三皇子与七皇子之间势均力敌，无论选谁另一方闹起来都难以收场啊。”

我对路人们透露情报的能力甚为满意，又具体问了些皇上的病症和皇榜的具体内容。那两位路人见我一个小姑娘“求知若渴”，恨不得把自己知道的皇宫秘闻都给我普及一遍。

原来年初时，皇上忽感头痛难忍，而后渐渐卧床不起，多少名医看了都束手无策，只能放榜天下寻求能人异士帮助。若谁能将皇上的病治好，将来会被封为国师，绫罗绸缎、黄金美玉、良田府邸应有尽有。

哈哈，这简直是刚打瞌睡就有人送枕头啊，老天爷都想让我进皇宫拿那万年石乳。

我自信满满地就要伸手去揭皇榜，却落了空。

只见一只修长莹白的手先我一步拿走了皇榜，我怒目而视，却正好对上他探询的眼神。

他逆光而立，英挺俊秀的容貌被镀上一层温暖的光圈，仿佛降世的谪仙，我一时看呆了。

那人想必是见多了花痴，收了皇榜就要走人。我赶忙拦在他身前："这是我先看上的，识相的就把皇榜交出来，免得我不客气。"

他挑了下眉，似乎不在意我的威胁，俯身在我耳边低语："区区一只未得道的小妖也敢与本座争。"

完了完了，这回遇上硬茬。呜呜呜，不知是何方大妖，吹口热气都使我耳根子发软。不行，修炼路上千难万险，怎能因这点小挫折而荒废。

我坚定了自己的道心，凌厉的眼神对视了回去。他愣了下，看来是被我的气势震慑住了。我赶紧抬起双手，以迅雷不及掩耳之势抓在了皇榜的边缘上。

哼，本姑娘被誉为锦罗草一族的希望，岂会斗不过你，使劲就要将其拔走。咦，怎么跟粘在那人手里似的？

我简直要用上吃奶的力气了！啊，终于松了。

于是我整个人由于用力过猛，倒摔出去滚了两圈才落地，狠狠地摔了个狗吃屎。

痛……

阴影覆盖，我半遮着脸仰头，那人似笑非笑地看着我。我又羞又恼，但想起得失，冷笑道："再怎么样，我也把皇榜弄到了手。"

他抬手，露出仅余一半的皇榜，默然无语。

最后，我们只得一同前去皇宫，好在皇上得了病后很好糊弄，皇榜裂成两半都没怪罪我们，反而觉得我们是法术高强之人，各自不服对方才造成这种情况。

我们也就顺坡下驴，顶了个仙姑、仙师的名号就在皇宫住了下来，一来二去，我也就知道了那人名唤渊华。

入夜，我辗转反侧，最后还是披了身夜行衣溜了出去。

原因自然是那个抢我皇榜的大妖渊华，说起来我也不确定他是不是妖，只能感应到他身上深不见底的磅礴灵力和强大的威势。

不过，他应该不是修道之人，据我的经验来判断，那群人见到妖怪那是恨不得抽筋剥皮将其炼制成法宝的。而我现在还是好好的。

我忍不住打了个寒噤，总之，渊华他千万不要是修行者吧。摇摇头把这些乱七八糟的想法甩掉，我开始专心寻找渊华所住的厢房。

毕竟万年石乳只有一份，万一他要是看上了，我怎么能抢得过他啊，还是先去踩个点踏实。虽说他修为比我高深不少，但凭借我们锦罗草一族为捕虫而生的隐匿术天赋，我对此行还是颇有自信的。

我们这些被招揽过来的能人异士约莫也有十几人，都被安排在一座偏殿内，一人一间厢房，等着明天给皇上看病。

唉，早知道就该盯着渊华，这一间间相差无几的厢房我得找到什么时候。

寻了数间，连渊华的影子都没瞧见，我不禁有些烦躁。

更别说我偶然从窗外瞧见有些不知检点的“仙师”竟对侍女上下其手，油腻腻的笑声令人恶寒。

渊华应该不是这种人吧，我不知怎么回事突然想到了他。

以至于潜行时没留神，“砰”的一声撞到什么硬物，我捂着脑袋抬头，只见一处与周围厢房别无二致的房间上被凡人看不见的禁制笼罩得严严实实。

里面应该就是渊华了，我没来由地想着。可是要破解这禁制似乎不容易，我在房门前转来转去，最后还是下了决心。

咬牙掏出了仅余两张的破禁符，这还是我之前走了大运，才在一处上古遗迹中寻得的，现今的修仙界早已失传，我也不知自己抽了什么风会把这么宝贵的东西用在渊华的门上。

但此时我已经把破禁符甩了出去，来不及心痛，我赶紧化作一缕青烟进入房间里。

刚变回人身，一根发光的绳子就凭空出现将我捆得严严实实。

怎会这样！我简直是欲哭无泪，不过是在凡间的皇宫里，至于又是禁制又是缚妖索的吗？这位大妖你是有多缺安全感。

他本人明显丝毫觉悟都没有，盘膝坐在床榻上修炼，房里多了个被捆在一边的小妖却连眉毛都没动过。

我忍不了了，要杀要剐给个痛快行不，遂喊道：“渊华！大家同是妖族，何苦为难彼此，我不过是想要宫里那瓶万年石乳罢了。你要是敢动我半根毫毛，灵犀谷的谷主不会放过你。”

谢天谢地，他听完这话，终于开了口：“我不是妖。”

我颤抖：“那尊驾是？”

“小仙罢了。”

渊华那淡淡的语气分明透着玩弄我的意味，可我实在硬气不起来。

这是个神仙啊，正儿八经的神仙，修行界每个人的最终目标啊。

如今我的面前就活生生地坐着这么一位,实在让人心情复杂。

“别看了，烦人。”他闭着眼说道。

我怒火攻心：“你把我绑在这里，我还能干吗？快把我放了！”

他十分理直气壮：“又不是我让你破禁制的，被绑也是你自找的。”

说得好像有那么点道理。

但谷主从小教育我，行走天下要牢记的第一原则就是不能让自己吃亏，哪怕理亏也得装作理直气壮。

深得谷主传承的我将灵力运行至全身，就要和这根缚妖索来个鱼死网破。

忽然一阵炙热的气息扑面而来，我立马㞞了：“大仙饶命，大仙饶命，小妖不敢逃了任你处置。”

渊华突然间下了床，身上的亵衣松松垮垮。

我小心翼翼地看了两眼，不错，很结实。对上他泛红充满欲望的眼，他沙哑的声音挠得我心痒："小妖，你有点诱人。"

疑惑还没来得及说出口，缚妖索就凭空消失，我落入了一个热乎乎的怀抱，热气熏得我头晕目眩。没控制住，锦罗草的抱虫本能使得我紧紧抱住眼前的男子。

怎么会有如此炎热的气息呢，我仿佛被扔进了岩浆，被烧成了灰渣。

他有力修长的手在我背上游走，我撑着精神想痛斥这个流氓仙，却惊恐地发现体内的灵力不受控制地流入那双手掌中。

这熟悉的感觉……

"是你！火鸟！"

"嗯？"他轻哼出鼻音，下巴不自觉地在我颈窝处摩挲。

"别，别跟我来这套，小贼……"

灵力不断消失，我的力气也越来越小，脑子像生了锈似的转不动。

只觉得，这个怀抱很舒服。

不知过了多久，我本以为自己这次又要重蹈覆辙，从一株小草再修炼出人形。

可是一股温和纯粹的木灵力将我唤醒，我刚醒来，穿戴整齐的渊华便轻咳两声：“你现在好点没？”

昏沉沉的思绪在灵力的滋养下逐渐清晰起来，我挣扎着起身，愤愤道：“你这火鸟！一次两次地吸我灵力，好歹一个神仙，你不觉得羞耻吗？还，还轻薄于我！”

他眼睛微眯：“我们这是第一次见面啊。”

我才不信！想要拼命摆脱他的控制，却被他的手牢牢制住。

“别动，储灵玉还要给你输送灵力呢。”

他这一声喊得严厉，我向来欺软怕硬，吓得立刻缩回了手，却忍不住委屈地哭了起来。

渊华一下被我弄得手足无措，小心翼翼地问：“怎么了？抓疼了吗？”

毕竟我欺软怕硬，自渊华语气柔和后，我就得寸进尺了起来。

我抡起小胳膊就拼命捶打他的胸口：“你个强盗，两百年前偷我灵力不算，现在又偷一次，还偷了我的清白！呜呜呜，我跟你无冤无仇。”

“小妖啊，你冷静冷静，我……”

“我不听，我不听。”

房门“砰”的一声打开，清秀少年满脸通红地看着我们：

“不不不好意思，我不是故意的，你们继续。”

“咳咳……”老男人果然都喜欢用咳嗽来缓解尴尬，我当着外人也不好发作，暂时冷静了下来。

“羿仁你又有什么魔族的消息了，直接说吧。”渊华在别人面前也做出一副沉稳可靠的模样。

等等，魔族？这楚国皇宫有魔族？

似乎是看出我的震惊，渊华伸手在我脑袋上轻抚两下，不知为何，我读懂了他的意思：好好听着，安静。

只是那少年好像涉世未深，见这场面，小脸红得跟猴屁股一样，说话也是磕磕绊绊，起码过了半炷香的时间，我才捋清了来龙去脉。

原来他们都是得知魔气进入楚国皇宫下凡来调查的神仙，渊华好像是羿仁的顶头上司，因为灵力过强得凝练化身才能下凡，所以比羿仁晚了一步到皇宫。

这也着实吓了我一跳，一具化身的灵力都浑厚如渊海，他本尊得是怎样的修为啊。不过这样的人，为何会吸取我的灵力呢？不嫌塞牙吗？

羿仁潜伏皇宫多日发现了不少可疑之处，比如每日宫里都会运进一批据说是建设祭坛所需的劳力，可每日不断运进新人，修建祭坛的人数却不增不减；还有皇上说是得了病，羿仁用天眼也没看出任何病气，倒是皇上的龙气看起来多了几分邪异之处。

除此之外也没查出其他的，毕竟皇宫龙脉汇聚，任何法术灵力都会受到压制，这也是一般邪魔外道不敢擅入皇宫的原因。

“帝……上君，您说我们要坐观其变，还是先下手为强好呢？”

渊华思虑片刻，突然拍拍我：“你怎么看？”

我的神仙啊，我怎么知道怎么办！你不是大神吗，叫小妖回答这么严肃的问题合适吗？

“合适。”

低沉的声音在脑海中响起，我吓得从床上蹦起来，把头撞了个大包。

羿仁疑惑地瞧着我。

渊华：你别激动啊，互通灵力之后能心灵感应是基本。我就想好好跟你解释一下这些东西，当着羿仁不方便说。

我：呵呵。

渊华：首先，这真是我第一次见你，我原身是一团天地灵火，不是什么鸟；其次，我也不知为何会突然……那样你，仿佛是被你身上特殊的灵力吸引，身体十分渴求，难以控制。那储灵玉里存着的是我一位好友的灵力，她是草木之神，对你的修为也有好处。

我：那就这么算了吗？

渊华：大局为重，日后我自会补偿你的。

我们两个人在背地里商量完后，发现羿仁站在那儿颇为尴尬，我赶紧出声：“魔族进入皇宫藏得很深，我们不如先明天好好看看皇上的病症再做决议？”

渊华鼓掌：“好好好，就这么办。”

他真的是位大神吗？我怎么觉得有点傻呢？

羿仁也没办法,加上久留此地实在尴尬就一溜烟地告辞了。

我恢复灵力后，也赶紧逃离了这是非之地。

02

第二天一早,全国各地来的能人异士都被传唤到了养心殿，诊断皇上病症时，大家简直是各显神通。

有个走路都颤颤巍巍的八旬老者，号称自己开了天眼，发现陛下身上病气缠身，硬是拿出张皱巴巴的符纸，要逼陛下将其烧成灰混入水中喝下。

陛下想来也不愿对比自己还要年长的长辈动粗，扶额让侍卫将他赶出去。

还有个英俊潇洒的小伙，一身道袍穿得颇有道家高人风范，嘴角总挂着从容自信的笑。可惜，我们陛下不吃这套，挥挥手就让人将他捆起来带走，不知将送往何处。

太阳缓缓升高，不知不觉到了养心殿正上空。

平地惊雷似的一声“醒醒”在脑海中炸开，吓得我猛然抬头，赵公公满是褶子的脸几乎占满了视野。

赵公公尖厉的声音扎得我耳朵疼：“仙姑倒是好睡，喊了十几声才醒。”

正好渊华从皇上那儿退了下来，对上他的眼睛后，我不由自主地在心里与他交流起来。

我：你是第几个，我睡了多久？

渊华：倒数第二，下一个就是你。

我瞬间倒吸一口凉气，慌慌张张地起身随赵公公到皇上跟前。

与渊华擦肩而过的一刻，低沉的提醒在脑海激起涟漪：你待会儿千万不要试探他体内那道龙气，装作查看脉象应该能混过去。

我连声道谢。

到了皇上面前，行礼后我便开了天眼，装模作样地伸手探查脉象，实则搜寻魔气。

据说皇上今年才过四十，但已生了不少白发，脸上纵横的几道沟壑更显得老气。我不敢多看几眼，因为他周身萦绕的那道龙气看起来邪门得很。

我将微弱的灵力输入皇上体内，左转转，右转转。咦？很健康啊，虽然有些老化的器官，但也是在正常中年人的范围内。

我不甘心就这样什么都没查出来，运起灵力打算冲入脑海一探究竟，忽然一声凶厉的龙吟，将我的灵力和手震开。

那道邪化的龙气瞪着拳头大小的龙眼缓缓向我靠近，狰狞锐利的一排排獠牙吓得我直打战，我尽力散发自己的木灵之气，希望这不是一条杂食的龙，我们做草的一点都不好吃啊。

龙气在我面前停了下来，歪着脑袋似乎正察看着什么，然后就飞回了皇上身边。

不知是我的错觉，还是确有其事，那道贼头贼脑的龙气凑到皇上耳畔，血盆大口小声地说了些什么。

看起来十分可疑！

皇上也很可疑地和蔼劝退：“寡人有些劳累了，仙姑的法术还是很不错的，不如留下与渊华道长参与下个月初一的国祭大典可好？”

我自然无法拒绝，连忙答应，再表达一番感激之情就告退了。

出了大殿，刺目的阳光晃得我眼睛疼，刚这么想着，一抹高大的身影便突然出现，替我挡住了骄阳。

渊华摸摸我的头，我生怕又被吸走灵力往后退了两步。

他状似无奈，却不生气，柔声道：“吃饭去？”

我警惕心提了起来：“你怎么非要等我一起去，莫非有什么企图？”

渊华轻笑：“补偿你啊，昨晚不是说好了。”

原来是想请顿饭就一笔勾销，那么大的男人一点担当都没有！我气鼓鼓地冷笑道：“你以为一顿饭就能摆平被吸取灵力这样的恶劣事件吗？”

猝不及防间，脑袋突然被一通乱揉，我的思绪好像都被揉成了糨糊，不然怎么会觉得渊华的声音那么宠溺呢？

“不只是一顿饭，以后慢慢来，补偿你灵力的东西，本座有的是。”

所以，这是要包我一辈子的伙食吗？好像，也不赖。

我的房间内，羿仁、渊华和我围坐于桌前，他们二人夹菜夹得倒快，唯有我看着菜发呆。

渊华询问道：“怎么不吃？”

羿仁也好奇地望着我。

我想此时我的表情一定很悲切，夹起一根白菜：“小白虽然人傻乎乎的，但对谁都是掏心掏肺地好。”

我含泪将白菜放回盘里，又夹出一根韭菜：“小韭平时除了体味重了些，为人还是很……”

话说一半，“小韭”就被渊华抢了去，塞进了嘴里，含糊道：“壮阳是吧，确实是好菜。”

“小韭——”

我和渊华打了起来。

羿仁从刚才开始就是一张羞红的脸，不知是被什么刺激到了。他慌张地在一旁劝架：“甘凝姑娘，这只是些无灵气的普通菜罢了，你若不喜欢我去给你弄些虫子吃，毕竟你是打不过上君的。”

被渊华一只手就制住的我默默借着羿仁的台阶下，通情达理地回道：“不必，我别的本事没有，抓虫子可在行了。”

为了显示自己过人的技艺，我特地加大了灵力，柔和的光晕亮起，房间内渐渐被清甜的香气笼罩。羿仁深吸一口，惊讶地睁大了眼睛：“好甜啊。”

“嗡嗡嗡……”

四海八荒最动听的声音闯了进来，上百只饥渴的小蜜蜂激动地以为发现了什么秘密花园，一股脑地飞到了我的跟前。

可惜，等待它们的是本姑娘的樱桃小嘴，不到一炷香的工夫，蜜蜂小队全被剿灭。

羿仁好像被我的杀伤力怔住了，夸了句“厉害”就埋头吃菜，而渊华从我刚开始吃蜜蜂起，就摩挲着下巴沉思着什么。

我有点不自然，难道女孩吃虫子很奇怪？

“你好甜啊。”

没头没脑地，他清俊的面容浮起坏坏的邪笑，明明是夸赞的话却弄得我羞窘万分，只好瞪他一眼。

之后的饭桌安静得很，除了渊华在心中的轻笑声令我耳根发烫。

收拾完一桌饭菜后，我们终于讨论起了如何应付下个月初一的国祭大典。

令我意外的是，羿仁这些天在皇宫竟是做起了宦官。少年脸皮薄，立马解释。原来他是替换了一个随侍的太监，这个做法着实靠谱，既能方便潜伏，又不会被注意。

他为苍生牺牲名声的这份行动，着实令人佩服。

据羿仁的情报，国祭大典每五年举行一次，本意是祭祀皇室先祖们，后又多了祈祷国泰民安来年风调雨顺之意。

然而上一次国祭大典才过去三年，为了保佑皇上的身体这才提前举办，整个皇宫上下为了大典之事忙得不可开交。

渊华皱着一双剑眉沉思，却是先吐露他所得知的情报。

因灵力高强渊华根本不惧区区一道邪化的龙气，很轻易地就将皇上的脑海包括身体检查完毕，出人意料的是，皇上很清醒，也很健康，除了龙气外没有任何问题。

“那就是龙气被魔族的人做了手脚，皇上只是被操纵的傀儡？”羿仁顺藤摸瓜地得出这个结论。

我想起龙气对着皇上打小报告的那一幕，觉得这推断很有道理，就补充了这段。

渊华思考的时候身上那股玩世不恭的纨绔气质就会荡然无存，仿佛是比皇上权柄还要大的上位者，威严深沉，如同太阳般令人不敢直视。

“那暂时先如此，我们先制定好计划如何应付下个月的国祭大典，毕竟魔族有什么阴谋应该也是针对大典来的。”

沉稳有力，不容置喙的语气，我甚至都怀疑渊华在仙界是不是常领兵打仗了。

渊华：偶尔偶尔。

呵，一定是我蜜蜂吃多了犯了饭晕才瞎想，他明明是只流氓大灰狼！

03

宫殿内外皆是来来往往忙碌的宫女太监，一车又一车的物资被运入皇宫，到处都是闹腾腾的景象。

施法匿去身形的我和羿仁在偏殿屋顶上有一搭没一搭地聊着天，清晨温柔的阳光被云层挡去了大半，御膳房炒的瓜子酥脆可口。

“欸，你是太乾老君府上管事的？”我有点惊讶。

羿仁谦虚地点点头，没有任何倨傲之意，简直乖巧得过头。

哪怕目前我还是一只为了成仙而努力奋斗的小妖，那也听说过太乾老君，多少传说中活死人、肉白骨的灵丹妙药，都是由他老人家炼制出来的啊。

如今我身边竟然就坐着老君府的管事，简直是天赐良机啊。

或许我炙热的眼神令羿仁有点害羞，他踌躇片刻后开口：“其实我不算什么，上君他才是在仙界身居高位，位列于万仙之上。”

我不小心咬到了舌头痛呼一声，但依然止不住自己的好奇心：“我知道‘上君’只是对修为高的仙君的尊称罢了，那他到底是做什么的啊？”

羿仁似乎对此讳莫如深，摇摇头不愿多说，甚至转移话题道："那个领头的侍卫好帅啊。"

看来渊华在仙界应该是个闲散仙人吧，觉得没有一官半职在身丢人所以不肯说。我越想越觉得有可能，再看羿仁说的那个侍卫，确实好帅啊。

渊华：有我帅吗？

我最近时常会被这人的心灵传话给吓到，心理承受能力倒是提高了许多，第一反应是赶紧看看周围有没有可藏匿之处。

我：到底要隔多远才能听不到我说话！还有你不要老是偷听我的心声！

渊华：等你灵力强了，隔多远都行，另外我也不是故意的，有的时候你太激动就会被我听到。

我：生气……

渊华：你刚刚倒是挺开心的啊，侍卫帅吗？晚上来我房里一趟。

喂喂喂！臭流氓你又要做什么！偏偏灵力低的我在渊华主动消失后，根本无法主动联系上他。

"甘凝？你耳朵怎么这么红？"羿仁看着我，神色古怪。

我不好意思讲实情，敷衍道："可能是谷主又叨叨我了。"随即转移话题，"你和渊华应该是完全不同的职位修为，怎么会跟他一起下凡追踪魔族？"

羿仁现在和我相处久了比之前放开了许多，但说起这事之时他白皙的肤色飞快染上一层诱人的桃红，若是旁人在这儿，绝对会被迷得神魂颠倒。

“那日我去司弘上神府上送丹药，正好听到他与上君商议下凡追踪魔族之事。司弘上神本意是派遣自己几个得力的手下前去，我，我就想着能替他分忧，自告奋勇要下凡。”

“哦——”我露出了姨母笑，瓜子嗑得更快了。

“司弘上神本来不同意，还好上君帮忙，愿意派一具化身助我，他才答应。若这次做得好，他应该会多夸奖我吧。”少年埋头笑了。

不知不觉，繁星缀满天空，而明天便是国祭大典的日子，皇宫中依然人声鼎沸，许多人彻夜赶工，火把与灯烛恍若这凡间的星辰。

进门时渊华还在闭目调息,磅礴的灵力顺着呼吸明灭不定，不知为何，他的灵力总给我一种很熟悉的感觉，很想将其融入身体，抱抱他……

渊华道：“过来，到床上来。”

我气得就要夺门而出：“什么？我就知道你没安好心！臭流氓！”

渊华好像轻声哼笑了一声，声音如鸿毛触碰水面：“不是，明日国祭大典，我需要稳固灵力，在床上总归舒服点。”

他坏笑着看我，像阴谋得逞翘起尾巴的大灰狼。

没办法，为了天下苍生，我视死如归地上了他的床，双眼紧闭，张开怀抱：“来吧。”

他身上温暖干净的气息缓缓靠近，近得能感觉到他粗重的呼吸，喉结的滚动：“来之前，让我闻闻你的味道吧。”

“不好吧。”我虽嘴上这么说，身体却一瞬间绷紧，不由自主地散发出吸引虫子们的香气。

他低低的笑声沙哑而浑厚：“你还真是听话啊。”

我正要梗着脖子反对，一双有力的臂膀就将我拉入怀抱。这次的渊华很清醒、很温柔，仿佛灵犀谷春季时吹过的一阵阵夹着阳光的风。

我好像回到了家，情不自禁地抱紧他，聆听着他胸腔中剧烈的心跳声。

灵力如小溪般流入他的身体，好在我早已拿着储灵玉，一进一出倒没什么损失。

“甘凝。”他总喜欢凑在我的耳边絮语。

“明日魔族必会现身，你只要保护好自己，万年石乳是祭品，得不到就让我去。”

“那你一个能打得过吗？”

“我打不过的，屈指可数。”

第二日一早，整座皇城像是迎着阳光苏醒的巨兽，大大小小的官员各司其职动作起来，国祭大典，即将开始。

几个道士仙姑之流，被安排做大典祭祖仪式的主持者，渊华他们去了祭坛处布置，只留我一个随侍皇上左右。我隐隐有点不安，但看到宦官打扮的羿仁在我另一边，不由得安心不少。

皇上今日罕见地穿了身玄色金龙袍，神色严肃冷峻。我盯着皇袍上那条龙，发现它很像那道邪化的龙气。

没容我多想，皇上已上了轿，赵公公喊道：“起轿。”

我们就跟着轿子一步步走向宫外的祭坛，一路上所有人都低着头下跪，天子的威严无形中彰显。

我一路上神游天外，不知怎的，不安的感觉越来越强烈，到了祭坛前，这种不安感达到了顶峰。

这些日子才兴建起的祭坛超乎想象的宏伟，汉白玉砌成的台阶莹白通透，在中央的祭台上早已请出各个皇室先祖的灵位，奇怪的是，血红色的纹路顺着汉白玉汇聚于祭台中央，不知是何用意。

我想呼唤渊华，但想起他昨晚说过此处龙气汇聚，我们的灵力都会被压制，只能发挥不到一成，更别说心灵感应了。

没办法，又不知道他人去了哪儿，这个臭流氓，需要他的时候又叫不到。我只好见机行事，先跟着皇上到了祭坛上。

乌泱泱的人群齐刷刷下跪的场景着实震撼，一声声“吾皇万岁”叠加在一起响彻云霄。

心满意足地欣赏完后，皇上突然没头没脑地对我来一句：“仙姑，你可知为何你治不好寡人的病，寡人仍留你下来？”

寒意从脊椎散发，我强装镇定地回道：“陛下仁慈英明，断有陛下的理由。”

皇上没回我，转身接过赵公公递过的三炷香，颇为虔诚地祭拜皇室先祖。我不知这是什么情况，只能一动不动地站着，内心疯狂呼叫渊华。

“下面有请国师主持国祭大典。”皇上淡然地朝天呼唤。

滔天的魔气如山岳般降世，当然凡人是看不见的，他们只知道一位手持拂尘、仙风道骨的老者凭空出现，踏着朵朵浮现于半空的莲花一步步走到祭坛之上。

欢呼声如潮水般涌来，人群兴奋得手舞足蹈，他们以为自己的国家将得到仙人的庇佑，为自己能亲眼见到此等神迹而激动得热泪盈眶。

而此时我只想逃跑，那道貌岸然的国师的修为深不可测，只有渊华才有可能与他一搏，我和羿仁加起来只是去送死的。

可我根本动弹不得,祭坛地面上的血色纹路不知何时亮起，道道血色灵力化作绳索紧紧束缚住我与羿仁，我们现在简直是砧板上的肉。

“仙界之人我倒是能猜到，你一只小妖也来凑热闹，可就怪不得我了。”国师眯起眼，笑容狡诈。

之前谁都没能想到魔族之人竟潜入如此之深，要知道楚国国师三十年前就已册封，魔族竟然从那么久之前就开始谋划一切了。

羿仁倒很是镇定：“这里是龙脉的汇聚之处，你的灵力最多发挥一成，有任何图谋都会被阻碍的吧。”

国师哈哈大笑起来，很是猖狂：“小兄弟你说得不错，但若我所图的是这龙脉呢？”

皇上如行尸走肉般走到国师跟前，微微一笑，他身上的龙气受国师指引冲天而起，遁入祭坛之中，几十块灵位中微弱的龙气也受到感应似的与祭坛融为一体，霎时间，祭坛血光大放。

这时连凡人都能看到这一切了，他们尖叫着逃跑，转眼间热闹的场面瞬间哀鸿遍野。地底涌出浪潮似的魔气将凡人们包裹住，然后渐渐蔓延至皇城之外。

皇上的龙气被抽走后就失去了生命倒下，国师一只脚踩过他，不耐烦道："楚家的皇帝还是这么难搞，花了我三十年才将其渗透。"

他一步步向我们靠近，从老者逐渐变化为俊美妖异的青年模样。他伸手一招，我便被牵引至他的手掌上，被他狠狠地扼住了喉咙。

"陌生的原形，灵力倒是纯净，拿来给本座塞塞牙缝勉强可以。"他说完还舔了舔嘴唇，眼里的杀意强烈得可怕。

我偷偷用灵力将体内的保命毒素凝聚压缩，趁他说话一指点出，戳到他肩头却被浑厚的魔气抵住，不得寸进。

国师皱起眉，邪异地笑了。汹涌的魔气将我打飞，我在半空转了两圈，重重摔落在地，一口瘀血吐出。

我想要挣扎着爬起，地面上有两道血色灵力化为绳索将我困了起来。

渊华，渊华，你在哪儿，早知道昨晚该抱久一些了。

我一边痛苦地想着，一边绝望地闭上眼睛。

但是，想象中的痛苦没有降临，我睁眼，只见渊华披头散发地挡在我身前，执剑而立，周身绛紫色的火焰灼灼燃烧。

"对不起，我来晚了。"

国师见了渊华，像是瞧见了猎物的狮子，咧开嘴肆意地笑：“没想到您竟是化身亲临，也难怪能从血祭大阵中逃出。不过，就算能逃出想必也是受了重伤，不知吞了您这具化身与全国凡人，我能否有杀了您真身的实力呢？”

我仔细查看，果然渊华身上多了十几处深深浅浅的伤口，却不碍他凌厉的气势。

渊华：甘凝，待会儿我解了你们的束缚就快逃，让羿仁唤司弘下凡助阵，我这具化身伤了元气，撑不了多久。

心脏仿佛是被刀绞似的疼，可我知道为了举国百姓，再磨磨叽叽实为愚蠢之举。我只告诉他“你一定要活着”后，就断了心灵感应。

他似乎笑了一下，浑身气势收敛，烈焰熊熊，直指国师，恍若火神降世夺目耀眼。

零星的火苗落到我与羿仁身上，魔气迅速如冰雪般消融。我和羿仁脱了身，就赶忙逃离魔气笼罩的区域。

身后的火焰与魔气犹如狂暴的龙卷风,剧烈地爆炸碰撞着，看起来不相上下。

“快！唤司弘上神下凡。”我紧张地催促羿仁。

他将一块仅余半块的玉佩掏出，拜托我护法：“跨界降临的法术消耗巨大，且不能被打扰。”

“你放心，有我在，谁也别想来阻止你。”我坚定道。

羿仁刚盘膝坐下，大地就开始剧烈地震动。我紧张地顺着震动方向望去，只见那座祭坛突然从中裂开，巨大的魔龙从中飞出，而且朝着我的方向张开血盆大口就要咬下。

怎么办,怎么办？我从小最多在灵犀谷作威作福欺负虫子，从未面对过这般需要一己之力承担一切的情况。

半空中，渊华正与国师殊死拼搏，羿仁在地面冒险召唤司弘上神，那么也只有我了。我拿出逃跑时顺走的万年石乳，深呼一口气，拼了！谁说女子不如男！

入口柔和的石乳进了丹田却猛烈地炸开，全身的灵力像蒸馒头似的膨胀变强，撑得我经脉都有些胀痛。

魔龙的攻击转眼便至，我汇聚全身灵力用力跃起狠狠往龙首处砸下一拳。

“砰”的一声！龙鳞碎裂，四处飞溅，魔龙吃痛，怒吼了一声，锐利的龙爪就朝我盖下。

我躲闪不及，后背被深深地抓下一块血肉，火辣辣的痛楚席卷全身。

“甘凝——”是渊华撕心裂肺的喊声。

我重重地摔落到地上，眼见他一身绛紫色火焰好似流星一样撞击到魔龙身上。一声凄厉的龙吟，魔龙身上被撞出个巨大的血洞，坠落在地，掀起大片尘土。

渊华撞击魔龙后周身的火焰暗淡，我想叫他快走，不要管我，身上却经脉尽断，喊不出任何声音。

半空中，渊华遥遥望着我，似乎想要微笑，血色魔光穿胸而过，国师猖狂地大笑。

只是我什么都听不见了，那个昨晚抱着我说话的男人掉到了地上，流了一地鲜血，脏兮兮的尘埃把他弄得狼狈不堪。

不行，他不该是这样的。我认识的渊华，是仙界的上君，是潇洒俊逸的男人，是常惹我生气的臭流氓，是我拥抱过的人。

将最后的石乳吞咽入腹，身体每一处都是要胀裂的疼痛，但我的行动能力也恢复了。

我忍着痛楚走到他那儿，将他搂在怀里，奢求他能再吸取我的灵力，可是没用。

“甘凝，你不要哭。”他的声音比任何时候都要脆弱，我立马擦去眼泪，强撑出笑容。

他也笑了：“甘凝，这只是我的一具化身，没了也没什么的。”

我再也忍不住，大哭道：“有的，我认识的是这具化身，拥抱的也是这具化身，我才不要认识你的真身，谁都不一样。我们是朋友啊。”

"甘凝，你要活下去，到了仙界我们再遇，然后再也不分离，一辈子都是好友。"

化身如同被风吹散的雪花，破碎消散，不一会儿，我的怀抱已经空空如也。

羿仁的召唤终于结束，玉佩发出冲天的光柱，高大威武的壮汉自光柱中走出，羿仁因灵力消耗巨大昏了过去。

那壮汉将羿仁放进光柱后，打了个响指，光柱冲天而起，想必是带着羿仁回了仙界。

"连司弘上神都大驾光临了啊，不过那又如何，本座已融合龙脉，再献祭全国凡人后便可有魔主的修为了，上神的一具化身能有何用处呢。"

国师嚣张地大笑着，他现在的模样确实像个魔头，半截身子融入祭坛，另外半截却是被狰狞的魔纹覆盖，如同怪物般的獠牙与犄角更是恐怖。

奇怪的是，司弘上神没理国师，他先走到我跟前拍拍我的肩头，纯正温和的仙家灵力进入身体修复了我的内伤。

"小丫头不错，渊华定会好好报答你的。"我茫然地看着他，这个长满络腮胡的上神笑容温和，"还有，谢谢你保护我家羿仁，这区区魔尊部下的魔王就让我收拾吧。"

司弘起身，古朴厚重的铠甲凭空出现覆盖住他雄壮的身躯，伸手一杆长枪立刻现于手中。

“小丫头，看好了！”

呼啸般的身影飞射至祭坛处，锋锐的长枪划破魔王丑陋的皮肤。魔王没想到司弘的兵器如此威猛，应付得手忙脚乱。

司弘攻势不减，一枪枪颇有章法，没几下就将魔王弄得遍体鳞伤。

“吼！司弘你个浑蛋，阻止我魔界大计，到时候仙魔之战第一个死的就会是你！”

魔王此时完全没了之前得意忘形的模样，只是歇斯底里地乱叫：“为什么龙气压制不了你！”

司弘抓准机会举起长枪刺入魔王的胸腔：“呵，因为我也曾是楚国皇室一员。”

不甘地诅咒一通后，魔王的躯体就像渊华化身般化作烟尘消散，然而天空中笼罩的乌云仍未散去。

“难道他还没死透？”我有些担忧。

“不，这不是魔气凝结的云，是成仙的天劫之云。”司弘无奈地看着我。

“不可能啊，我才重修回人形没多久，怎么可能就有了成仙的修为？”我很慌张，成仙之路上最大的一次劫难就是飞升的雷劫了，特别是草木精怪的劫数要比人类的困难许多。

小时候我就见过许许多多修为高深的前辈死在了天雷之下，虽说自决定修炼开始就会有这么一天，但这也太快了吧，我根本没有准备。

“应该是你喝了太多万年石乳，灵力暴涨许多。”

我满面忧愁，刚失去了渊华，又从魔王手中得救，就要被天雷劈了，不知是不是渊华吸灵力时，将我的运气也吸走了。

司弘想起什么似的提议道：“渊华有给你什么沾有他仙气的东西可以拿来一用，说不定会帮你不少。”

“真的吗？”拿出储灵玉的我有点犹疑，毕竟这是渊华留给我的唯一一件东西。

一个时辰后，我百无聊赖地看着最后一道天雷也被储灵玉挡住，为自己之前的犹疑感到好笑。

满天乌云散去，五彩霞光自遥远世界落下，暖洋洋的感觉如同浸泡在温泉之中。身子变得轻盈，不由自主地受到霞光牵引向空中飞去。

我问司弘要不要一起走，他说要给这个烂摊子善后就留在了凡间。

那时我在去仙界的途中，心中是无限的期待与惊喜。

恍然间大梦初醒，原来化身与真身真的不一样，我心心念念的渊华，早就消散在了凡间，再也回不来了。

第三章

你才是狐狸精

01

月老的姻缘府坐落于三十重天，离九重天的瑶池可谓是道阻且长，但对于一群仙酒上头的神仙来说，各种弯道飘移，你追我赶，不知不觉间，三十重天就到了。

朵朵仙云陆续降落在姻缘府前，嘈杂的谈话声一下打破了这座仙宫的宁静。我下了钧芜的净莲云后一直头晕目眩，肚子里的仙酒翻江倒海似的作乱，加上梦见与渊华在凡间的伤心事，越发不想开口说话。

钧芜体谅我不舒服，但她毕竟是这起活动的领头人，将我交给羿仁与火苗照顾后，就召集起仙家们，维护秩序，她再独自去与姻缘府看门的小仙童交涉。

不愧是与我齐名的女中豪杰，只见钧芜上前躬身与还没她腰高的小仙童礼貌地微笑：“麻烦小友通报仙君一声，就说是几位情丝难解的仙家找他来解惑。”

礼数周全，颇具大家风范。

出乎意料的是，这小童板着张可爱的脸蛋，手中比他人还高的拂尘毫不客气地一甩，回道：“你当我家仙君是街头替人算命的江湖骗子吗？没有预约，没有灵液，概不接待。”

“更何况——”他圆溜溜的大眼睛转了一圈，颇为无辜道，“你们这些小仙官的身家最多也只能看看命定之人，牵红线也是妄想。”

这个小孩，看着可爱怎么说话这么讨人厌呢！

如同我的了解，钧芜是万万受不了这种气的，她的笑简直是僵在了脸上，脑门上甚至暴出了几根青筋。

看着还在勉强与小童沟通的钧芜，我都替她捏一把汗。不行，当着这么多人的面她的形象不能毁，我强忍着不适，上前随着钧芜赔笑脸。

“小友，你看这块储灵玉如何，我们都是些小仙官，不比你在姻缘府的油水多。”

手中翠绿透亮的玉佩中丰沛的木灵力扑面而来，钧芜反倒抢先捂住了它：“你疯了吗？他唯一留给你的东西，怎么能为了个看门的就送出去。”

其实我也是不舍的，摩挲着储灵玉时总好像能感觉到渊华的温度，但长久这样下去也不是办法，从离开凡间的那一刻开始，我们就是泾渭分明的两路人了。

将钧芜的手轻轻推开，我安慰她道："留着也没用，不如就用它换来寻姻缘的机会，倒还划算。"

储灵玉交到了小童手上，他安静地翻来翻去，好像很在乎这块玉佩的价值。

钧芜不屑地哼了一声："见钱眼开。"

小童没理会，皱着眉似乎很纠结的样子，他忽然问我："这储灵玉你是哪儿来的？"

我没想到抵押东西还得被刨根问底，而渊华的身份说出来又会有其他麻烦，左右为难之下，我只好说是友人所赠。

这不省心的小孩还要张口说些什么，姻缘府中温和的声音传出："阿喵，不要再胡闹了，快让他们进来便是，回头我再收拾你。"

这声音传出后，小童立马跟霜打的茄子似的垂下了头，一言不发地将储灵玉还给了我，并且打开了大门。

"月老仙君！是仙君的声音！"钧芜激动地扯着我的袖子来回晃荡。

看来还是月老说话管用，不过见到那个阿喵噘着小嘴委屈的模样，我还有些可怜他。

没工夫多想，姻缘府的大门徐徐打开，靡靡异香倾泻而出，众仙家都忍不住使劲闻这醉心的味道，活像一群几天没吃过饭的乞丐。

我倒没多大的感觉，在草木精怪中长大，对这些花制成的香早已免疫，闻着还有点想吐。

进门后，一红衣男子伫立路中央，他仿佛集世间一切温柔、温暖于一身，嘴上噙着恰如其分的微笑，弯弯的眉眼中似乎盛了千万般柔情。

还有他身上撩人的异香……

那人说话也如拂面春风般动人："阿喵顽劣，还望诸位海涵，有要测试姻缘的仙友们可随本座前去姻缘碑，若有求红线的可稍后再议。本座——"

"呕——"苍天为证，我不是故意的，我甚至偷偷躲到一棵姻缘树后才开始放纵自己，谁知呕吐时的声音如此刺耳，在场的每个人都听得一清二楚。

温柔如水的月老仙君眯起眼微笑，寒意瘆人："这位仙子看来想先测试一下姻缘啊。"

我试图解释，可一开口，肚子里不听话的仙酒就像找到了出口，争先恐后地涌出。

于是，呕——

足足半炷香的时间，我才把这一肚子的祸水吐出来，感觉整个人快要脱水了。

月老仙君想必是明白了我真的是身体不舒服，并不是要刻意砸他的场子，摆摆手便让我回去好好休息，他愿意既往不咎。

虽说我很感激他的谅解，但为了心底那份残存的妄想，我婉拒了他的好意，决定留下第一个测姻缘。

月老仙君摇摇脑袋，叹了口气道："痴儿啊痴儿，做神仙也需悟透红尘啊。"

之后的一路上，月老总是颇为关切我的状态，连被口水呛到咳了几声都转眼渡给我百年灵力，搞得我受宠若惊。

我甚至听到钧芫和羿仁他们几个嘀嘀咕咕地说些什么我不愧是上神杀手之类的话，我感觉心情复杂。

据月老仙君所言，预测人们姻缘之命的姻缘碑立于情林深处，我们目前便处于这由棵棵姻缘树组成的情林之中，三界中除了魔界之外，所有人的姻缘皆是在这些姻缘树上展现。

道道红线于树枝之间交织纠缠，我定睛看了一会儿，有棵树红线上系着张三名字的牌子与写有李四名字的牌子断开了，又和李四连在一起的王五接到了一块。

原来感情都是如此混乱的吗？

就这么胡思乱想着，月老仙君突然停了下来：“到了。”

我好奇地望去，一座与火苗差不多高的半透明石碑，静静矗立在没有姻缘树的一块空地上，远古蛮荒的气息彰显着它的不平凡。

钧芫从之前就隐匿的身影悄然出现在我身后，她附在我耳畔，悄悄说道：“你要抓紧这次机会，像月老这么英俊的上神除了帝君以外就没别人了，他们可是上神界的两朵雪莲。等姻缘碑显现出月老的名字，你再借口身体不适留宿，嘿嘿。”

雪莲这个形容有些奇怪，我不自觉就联想到，空谷幽幽，一对并蒂雪莲凌寒盛开，然而凑近看，两个男人的脸位于花心，依旧风华绝代。

但令人忍俊不禁。

“留宿不行吗？”月老的俊容突然凑近，柔情的眼神看得我发慌，想不到月老仙君还有这份捉弄人的童心。

我讪讪一笑，才想要扯开话题，就被钧芫这个坏女人一把推到了姻缘碑前，场上还被她带动起热烈的掌声。

这是干吗？比赛吗？我愤愤地瞪了钧芫一眼，回头再收拾你。

“既然这位，哦，甘凝仙子迫不及待地想知道自己的如意郎君是谁，大家就成人之美一下。仙子，你将一滴血滴在姻缘碑上，再注入灵力便可知晓你的真命天子是哪位了。一人一生只有一次察看姻缘碑的机会哦，好好把握。”

血血血，这些神仙做的东西怎么都要滴血才能用啊。

没办法，众目睽睽下我也是骑虎难下，在场也就十几个小仙，被大家看到真命天子也没什么吧。

我这么说服了自己，乖乖地划开手掌滴了些血液，然后往其中注入微弱的灵力。

古朴的石碑忽然开始闪烁明灭不定的光芒，其上的血液仿佛受到冥冥命运的牵引，顺着奇异的路线流动。

当血液凝固成两个字时，我们都瞪大了眼睛，人群中嘈杂的交谈声渐起，我不敢相信自己所见。

碑上浮现出醒目的两个字“渊华”。

不知旁人有没有过真命天子是上神的际遇，不过想来别人遇到这种情况多是喜形于色，恨不得手舞足蹈，载歌载舞。

但我实在是高兴不起来，甚至幽幽地叹了口气。

“哎呀，你怎么把事情想得这么简单呢，姻缘碑上写着你的对象是渊华，那你们就是命中注定的一对，旁人自然看着酸溜溜。”火苗童子的语气很是恨铁不成钢。

我又有疑惑：“渊华有那么受欢迎吗？住得又偏僻，人又冷漠……至于那么喜欢他吗？”

火苗再次恨铁不成钢地向我解释。

原来渊华帝君是从天地间第一只凤凰陨落之地诞生的一团先天火灵，本应按照天道承袭火神之位，谁知在化形之时受了一缕天魔之气污染，变成非仙非魔的存在。

他因此记恨魔族，帮助天界打了无数胜仗。

为感其恩德，天帝让他自封帝君享受清福。不过因为魔气在身，帝君很少与仙家们打交道，担心误了他们的修行。

我不解，这不是跟几位上神的故事异曲同工吗？那又与我有何干系？

“你这就有所不知了，当世的几位男上神中只有司弘与渊华是暗蕴桃花的命数，司弘又是个五大三粗的络腮胡大汉，这些单身的仙女自然将芳心暗许给了俊美的渊华帝君了。再加上蓉婵上神与渊华帝君私交甚好，你这情动得，可真不是合适的人啊。”

所以他们是既嫉妒，又觉得我拆了大众眼中天造地设的一对？这些神仙的七情六欲也太丰富了吧，说好的清心寡欲、大道可期呢？

我有些不安，平白无故又为自己增加了一些奇怪的麻烦，我明明不想与他再有瓜葛了啊。

但这话估计没人信，还要被嘲笑一番。我越发觉得有几位仙子看我的眼神很吓人，尤其那位先前在酒会上说自己暗恋卯日星君已久的仙子，看得我心生恐惧，正想着寻个姻缘碑坏了的由头脱罪。

月老却是一声轻咳，和和气气地将众仙遣散，又将我单独留下。但羿仁、火苗他们都担心我的身体，请求留下等我一起回去，月老很爽快地允了。

我就云里雾里地独自跟着月老进了姻缘府的大厅。

02

姻缘府的大厅据说是招待些上君之类的贵客才会使用的地方，我进去前还以为是何等的富丽堂皇才能招待那些上位的大神。

结果我错了，里面简直可以用“家徒四壁”来形容，除了几个蒲团和干净的地板外再无他物。

原来神仙中也有如此清廉的吗，还是一位上神？

像是刻意忽略了我的惊讶，月老淡然一笑，凭空变出一套茶具来，亲自替我沏茶：“此乃万千红尘情丝加以姻缘树之叶炮制而成的浮世茶，不同人品悟的味道也不同，可助道心洗练，稳固根基。”

我接过月老递来的茶水，闻不出什么味道，再看其色也很普通。虽带着疑惑，但算了，人家一个和我无冤无仇的上神还能特意害我不成。

我豪爽地啜饮了一口茶。

初觉无碍，很快奇妙的滋味涌上舌尖，是甜蜜、苦涩、酸楚、愉悦？不，更像是化作一名普通的凡人，一瞬间度过人世的生老病死、爱恨离别。

湿漉漉的眼泪不知何时淌下，我的心被装满了沉甸甸的情绪，又一下子化作虚无，万般滋味瞬间消散，我情不自禁地想再喝上一口。

“来，初品浮世茶容易上瘾，平静一会儿就好了。”月老将我手里的茶杯拿走，给了条手绢让我擦泪。

我连声道谢，拭干了眼泪，心头大量情感的消失仍让我不适，空空荡荡的心太难受了。

“为什么仙君要给我喝这茶，想必另有用意吧？毕竟我只是个小仙，平日招待上君喝的茶拿给我喝实在不合情理。”许是此时状态不对，我直接问出了心中所想。

月老看起来并不生气，反而笑盈盈地自己喝了一口茶，片刻后，他咂了咂嘴，意犹未尽道：“你可知我这浮世茶是从何处得来的灵感吗？”

我自然是蒙蒙地摇摇头，谁会知道他哪儿来的灵感啊？他做这茶时，我说不定连颗种子都不是呢。

正纳闷着，不知从何处冒出的一只小猫，叼着一团红线，昂首踏步地出现。它见到我，滚圆的脸蛋上出现人性化的不屑，转头又对月老装乖。

“连帝君这等往事都不知，想必她准是捡漏才得来的那块储灵玉，仙君也谨慎些吧。”

月老伸手敲了下那小猫的脑袋，严厉道：“阿喵，再如此无礼，就把你送去二郎仙君处与他家的哮天犬待十天半个月。”

小猫立马安静下来，低头乖巧地玩弄那团红线，只是愤愤地瞪了我一会儿，像个被惯坏的小孩。

月老毕竟是个有礼数的上神，教训完猫之后，又向我赔礼道歉，硬是让我收下一罐浮世茶。其实我也不怎么在意，相比于当初萱庭瞧不起我的架势，阿喵这只是人之常情罢了，除了有件事令我在意。

“仙君，阿喵刚才说的帝君往事是何意？”

月老没回答，而是让我把储灵玉给他看看，我心下疑惑，但事已至此，给他看看也无妨。

这些日子储灵玉被我耗去不少灵力，可剩下的仍然雄浑，月老修长的手指摩挲着它，储灵玉配合地散发明灭不定的光芒。

“果然是渊华那块。”月老将玉还给我，神色也柔和许多。

难不成还有假？原来是不相信我，我有种不被信赖的不爽。

“既然这块玉是渊华所赠，那你自然也可知晓些隐情。”

我激动地点头。

“其实浮世茶的灵感来自渊华，他当初遭受过失去情感的咒术，我才因此想到可以这样制茶。”

月老万分感慨，而我难以置信。

他问我：“你是不能接受吗？”

我答：“渊华是仙君您的友人吧？”

“当然。”月老很骄傲地回道。

“朋友遭此咒术，你第一反应是制茶？”

阿喵似乎也觉得我说得在理，兴奋地摇起尾巴，抬头瞧他主人的反应。

月老不自然地咳嗽两声，看来很是窘迫。好在他也是个脸皮不薄的仙君，马上转移话题：“故而渊华自痛失感情后，他原有的姻缘全部消散，他忍受了上万年的孤独，变成了如今这副清冷的性子。而你与他有命定姻缘，实在是万幸啊，他为仙界征战多年，也该有自己的幸福了。”

“等等！”我及时打断已经放飞想象力的月老，“帝君有此遭遇，我自然深表同情，但他见我依然是那张冰块脸啊，是不是姻缘碑今日状态不好，出了差错？”

这回阿喵抢在月老开口前反驳我：“姻缘碑可是上古父神在世时所打造，洞悉仙、人、妖三族姻缘际遇，怎会出错？”

呃，我只是想找个借口搪塞，没想到阿喵的荣誉感这么强，但我真不可能与渊华会有什么瓜葛了吧。姻缘碑，命定的情缘听起来虚无缥缈，没有实感。

“甘凝，总有一天你会知晓姻缘碑的测算，我只盼着，渊华与你在一起能快乐。”

月老认真恳切地请求着我，他那双桃花眼中的柔情浓得好像要滴下来。我抵不住如此强大的攻势，只好硬着头皮答应。

见我还算听话，月老笑逐颜开，又给我沏了满满一杯浮世茶。

正纳闷呢，我的余光就瞥见咬着红线团玩的阿喵眼中那戏谑的神情。

“不，这么珍贵的茶，我一介小仙怎受得，仙君还是留着招待上君们吧。”我委婉地拒绝。

月老竟也毫不生气，默默将茶收了回去，和气道：“你不喜欢也无碍，不过我送你的那一罐茶平日可泡来锻炼道心。”

我很意外，难道是我小人之心度君子之腹了？看来是我最近神经有些过于敏感，月老仙君看来是个正派的仙，怎会下手折腾我呢。

我眼前一黯，突然间失去了意识。

很久以后我询问了老君才得知，若是修为低的人饮过一次浮世茶，那么时隔三日内哪怕只是闻一闻它的气味都会陷入浮世梦境。

真是黑心啊，这些个上神的弯弯绕绕也太多了吧。

不过这个梦境倒是不差，梦中大只大只美味可口的灵虫争先恐后地往我嘴里飞，简直是帝皇般的享受哪。

唯一不舒服的就是，我老觉得有隐形的红线一道道地缠在身上，搞得我行动不便。

好在虫子们很是体贴，只要我张口闭口，再不用多余动作就能享受到美味。

如果现实也可如此该多好啊，谁还想什么成仙不成仙的。

可惜良辰苦短，正当我美滋滋地咬着一只肥虫时，忽然间地动山摇，我所在的这处美丽天地剧烈地晃动起来，天空裂开巨大的缝隙。

我拼命地想抓回四散逃离的虫子们，可我怎么追都追不上它们，美梦瞬间变成了噩梦。

见虫子实在抓不回，我只好先保全自己，快速逃跑，希望不要掉进地面的裂缝里。可是这天灾居然越演越烈，震耳欲聋的“醒醒”将我震倒在地，我“砰”的一声重重摔落至一处裂隙边缘，还好千钧一发之际，我抓住了边缘一块凸起的岩石。

悬在半空的感觉并不好，但起码没有掉进那深不见底的深渊。

我用力准备爬上去时，手指忽然传来一阵剧痛，像是被什么东西咬了一口，我松开了手，狂风呼啸，黑暗无边。

于是，我“啊”的一声，醒了。

一张可爱的小脸蛋出现在眼前，脸蛋的主人摇头晃脑地炫耀道：“看吧，还是我的办法管用。”还露出了一口白亮亮的小牙。

“火苗！”我擦了擦口水恶狠狠地上去就把这熊孩子一阵蹂躏，任他怎么求饶也不改狠色，竟敢打扰我吃虫子，这次不好好收拾一下你，以后还不得上饭桌抢我的虫子。

“哈哈哈，饶了我吧，哈哈哈，我再也不敢了，哈哈哈……”

“那个，甘凝……”

我恶狠狠地瞪着试图给火苗求情的羿仁，大义灭亲对我这样的狠女人来说不在话下。

“你这样挠他痒痒，笑声会吵到老君炼丹的。”

“这次就饶你一回！”

“这可……哈哈哈……都是羿仁……哈哈哈……要喊你起床的，哈哈哈……我只是帮个忙，哈哈哈……”

没想到火苗这么怕痒，我都停了手，他还在那儿笑个没完。

我将仇视的眼神转向羿仁。

羿仁立马后退了十几步，生怕我扑上去挠他痒痒，简明扼要地解释道：“昨晚你在姻缘府睡了过去，回了老君府本想让你好好休息，但有颗丹药必须要你去送。”

“所以就咬我？”手上的齿痕清晰可见，尽管他解释了，我仍是起床气十足。

羿仁有些尴尬：“本来我喊了你好一会儿，见你没反应才晃了晃，后来火苗说总不能咬不醒。”

火苗心虚地“嘻嘻”假笑。

一把年纪还装萌，我又给了他一个栗暴。

“那既然你醒了，丹药就放在桌上，到了三十二重天自会有人接你的。”

“不去。你们有手有脚又清闲，我还困着呢。”抱着被子，我就要躺下想再补个回笼觉。

被子被扯住了，一大一小两个神仙在床边你一言我一语地卖可怜。

“我们昨晚连夜带你回老君府好累好辛苦啊。”

“这位匿名的上神要的是草木之灵炼制的丹，全老君府也只有你是木灵成仙能保药性不散。”

于是，被扯住被子又心软的我还是来到了三十二重天。

与数月前相比，我的心境已是天翻地覆，更何况这次是送丹给一位女上神，应该不会再与渊华有什么纠葛了吧。

至于我是怎么知道这位匿名上神是女的，男上神会需要丰胸丹吗？

在三十二重天入口处停留了一会儿，我左顾右盼也没见到任何接引的人，难道走错了？

我正胡思乱想之时,胳膊被一只小巧精致的千纸鹤戳了戳。

我低头定睛一看，这千纸鹤的翅膀上还写有字“送药的跟我来”。

想来这位上神应该是个脸皮很薄的姑娘吧，使用丰胸丹这种事藏得好像是作案的小贼一般。

我觉得有趣，一路随着千纸鹤，慢慢飞行。就是这路线似乎是刻意绕了远路，让我灵力消耗有些大。

到了目的地后，千纸鹤“砰”的一声消散了去，一位清丽秀雅的侍女姐姐走上前来询问：“你便是老君府派来送药的吧，拿出玉环看看。”

我老老实实地激活仙界公民必备的手环，上面有关我的身份信息一目了然。

侍女姐姐看完点点头，就带领我去上神的寝殿。

一路上我未见到任何标榜上神府邸的牌匾之类的物品，想来是因走了后门，无法见到。

侍女姐姐边走边交代我：“上神近日练功不慎有些内伤，你送了丹药就快退出来，不要久留。”

我乖乖点头应是，心想这位上神姐姐可真是害羞，连个面都不让人见，一位平胸、腼腆、美丽的女上神形象浮现于脑海。

跟着侍女姐姐在后院七拐八拐地绕了许久，才到了上神居住的这处僻静的寝殿。

这就是女上神的寝殿吗？怎么看起来虽不算朴素，但也是简约大气，一点都不像女上神会住的地方。

不过经历过姻缘府那堪称家徒四壁的大厅，对这些上神的品位我心里也有了底。

然而，一开门我还是错了。

这寝殿装潢得十分别致,大到墙壁上栩栩如生的凤凰雕塑,小到我此刻坐着的朱雀羽编织成的地毯,无一不彰显着这位上神的身份高贵,财力雄厚。

床榻上被华光纱帐遮掩的身影慵懒闲适地侧躺着,我心里默念了几遍大悲咒,清了清嗓子:“小仙乃老君府甘凝仙侍,特来为上神送……送拒绝抱抱丹?”

奇怪,怎么这丹瓶上的字到寝殿里就变了个样儿?而且,这变得也太怪了吧。难道是我拿错了丹药?

我刚想为自己的失态道歉,却没想到一阵劲风袭来,炽热的怀抱将我紧紧环绕,粗重的喘息似乎吹进了心里,仙心忽然剧烈跳动起来。

我顿时晕晕乎乎,奇异的熟悉感涌上心头,这位女上神,莫非是走火入魔要吃我?

03

殿中造型精美的凤凰香炉不断升腾着令人安神静心的袅袅檀香,但明显无甚作用。被强行抱住的我简直欲哭无泪,只是来送个丹药竟被堂堂上神轻薄,还是个女的。

不对,女的?

对方只着一身轻薄的亵衣，硬朗的肌肉线条触手可及，除此之外，还有道道狰狞的伤痕。

这是男的啊！我拼命地挣扎起来，可上神的力气翻江倒海都是正常，我一株小草根本抵抗不了他，这番情景若是在凡间必定是判我不知羞耻勾引上神。

我偷偷盘算着此时用毕生功力打飞他的利弊，又瞥了眼侧颜惊人的男子，生生制住了自己不理智的爪子。

然而，这时他忽然发出一声沙哑的呻吟，似乎勾起了我成仙以来压抑许久的锦罗草捕虫本能，那就是抱抱。一股炽烈的欲望驱使着我把手放在他的背上，缓缓摩挲。

那人一直微闭的双眸陡然睁开，吓了我一跳，他盯着我，咬牙切齿道："纵使本座毒性发作，也不是什么东西都能轻薄到我身上来的，还不松手！老君尽是养这些狐媚子，祸乱仙界。"

我们二人对视，一下全愣住了，此刻抱住我的不是旁人，正是渊华帝君。

渊华咬牙切齿的神色瞬间消散，恢复成我初来仙界时所见的那副清冷模样，一言不发。

我原以为自己的仙心不会再因他而痛了，胸口却好像被蜜蜂蜇了般难受。

我当下气性上头，一双手将渊华抱得更紧了，嘴上也丝毫不让步：“小仙并非狐媚之流，是开天辟地来第一株化仙的锦罗草。平日小仙也是知晓自己爱拥抱事物的本性，不与人过多接触，但如今可是帝君先轻薄于小仙的，自然是怪不得小仙了。”

“你何必如此借机接近我，如今你也成了仙，贪欲过多只会自食恶果。”

他还真是好意思，嘴上说着我贪欲过多，手上却紧紧抱着我，丝毫没有松开的意思。而且清冷的脸上竟飞起两团红霞，天底下竟有这般占其他姑娘便宜自己还害羞的男子，真是天界大了什么样的仙都有，渊华帝君的脸皮之厚实乃我平生头次所见。

这团几十万年的破火堆还真是什么都敢讲，明明自己人前君子，人后痞子，还来污蔑我是狐媚子！想想除了二百年前那件事，无论是做草做妖还是做仙，我就没被人占过便宜，谁承想竟会被同一个男子揩了两回油。

不行，虽然我们无缘，但活色生香的肉体摆在眼前，怎能只我一个被占便宜，一双手在他身上肆意地乱摸起来。我倒要看看，谁吃的亏多。

渊华竟声音中带着些许慌乱：“甘凝，别闹了！再这样，我会控制不住自己。”

我难得有机会出一口恶气，哪里还会管他说什么，当下更是往身前令人脸红的地方摸去。

“甘凝，住手！啊——”渊华不停地倒吸凉气，看起来很是煎熬。

于是侍女姐姐进来便见到我俩紧紧相拥的不堪景象，她显然是头一回见自家主人做此龌龊之事，瞪着颇大的眼睛，磕磕绊绊什么也说不出。

“奴婢愚钝，不打扰帝君。”说完，她双手颤抖着关门离去。

倒是管教得不错。

“站住！”渊华的声音在耳边响起时总是如此动人心弦，“过来把那丹瓶给我。”

我也忽然想起，被渊华扑上来强抱时，吓得把手里的丹瓶打翻，滚落在地。不过还好只是让侍女捡起瓶子而已，我还有些担忧渊华抱不够还想再加一个人。

侍女将丹瓶递给渊华，他得到丹瓶后立马让侍女退下，从侍女走之前那忽然枯败的脸色来看，她也是觉得渊华抱不够吧。

那药似乎很有用，渊华吃下后非常轻松地放开了我，然后用会说话的冷眼盯着我。

我识趣地也松了手，但举手投足和灵力运行都有种莫名阻碍，我也没在意，默默整理起衣襟来。

侍女姐姐出门时还用眼神来回在我们之间细细打量，不知在暗自揣测些什么。

而等渊华整理好形象，侍女姐姐退下后，偌大的寝宫气氛越发不对起来。

我有好多话想问他，但又不知从何开口，只好借此机会好好欣赏起他俊美无俦的面容、修长挺拔的身姿、清高孤傲的气质，不愧是被狐朋狗友夸到天上去的人物，名副其实啊。

或许是我的目光太过露骨，渊华淡淡地看了我一眼，眸中是冷漠的凶光。见我老实后，他才开口解释道："本座两百年前与魔族征战之时遭小人暗算，虽遇贵人相救，但也留下了隐疾。"

隐疾……我望着渊华略带粉红但仍冷峻的脸色,颇为古怪，魔族之人也真是恶趣味，难道想用这种方式来让渊华羞愤致死？

帝君大人的脸皮还是靠得住，避开我古怪的目光后，淡淡补充道："这么多年来，每当本座想拥抱之时，都是闭关运功压制，可长此以往，这病越来越严重。故而本座才向老君求助，炼制可以缓解这病的丹药，谁知你身上的灵力似乎与我身体的灵力产生共鸣，此前才压制不住。”

“这样啊……”在凡间之时他曾与我解释过一次，不过那时，他只说是控制不住对我身上灵力的需求，没想到是病症。

不过，这药就叫作“拒绝抱抱丹”也是稀奇，老君现在起名越来越随意了。

渊华的神色尽管一如往常的高寒,但我总能看出一些窘迫。

“既然事情已经弄清楚了，你便回去吧，下个月送药的时候别自己进来就是了。”

虽然还有好多话想问，但我莫名有一种直觉，渊华并不是因我想象的原因才不理睬我的。

想到此，我很听话地回了老君府。

回去的路上，没见到那位侍女姐姐，不过我也知道了路线，就自己走了。

不知为何，我依然心神不宁，渊华目送我离开时的身影在脑海挥之不去。他病发时的模样甚至有些可爱，念及此，连灵力都莫名变得灼热起来。

我赶忙回自己的住处，对羿仁和火苗的询问都随便找个理由敷衍了过去，身上的异样让我颇为不适，只想回房好好洗个冷水澡。

谁知天不遂人愿，我打开房门，只见随便披了身绛紫色长袍、长发散乱的渊华又扑到我身上来。

而我也本能地抱紧了他，他眼神迷离又咬牙切齿地粗喘道:“你的灵力好像刺激了我的病症，它发作得越发厉害了。老君的丹药没用了，我……实在忍不住。”

我长叹一声，觉得自己像是被登徒子花言巧语欺骗的无知少女。

俗话说，冰冻三尺非一日之寒。此时，我体内的灵力按熟悉的手法被渊华吸了过去，被渊华一个个借口骗了数次的我终于忍不住了。

“你这吸灵力的毛病到底是真是假？为何光吸我一个，还要抱我？为什么在凡间一个样，到了仙界就像变了个人？”

“甘凝……相信我，真的是病。”

渊华听完我的质问后，万载寒冰似的神色忽然融化了，话语中仿佛蕴含千万般歉疚。他的下巴在我颈窝摩挲，酥麻入骨的嗓音只说了一句话，我就像见了春光的冬雪，一瞬间化作清水，心里只剩他一如凡间模样的倒影。

有点犯傻。

怀中的储灵玉被渊华招到了手上，然后他神色庄重地又将储灵玉交给我，宽大的手掌将我的手裹得严严实实。

“只要我拥抱住你，你就赶紧拿出储灵玉，你那点修为还不够我吸的。”还算是有良心。

灵力流入，身体舒服了很多，我哼唧着回道：“那你还要吸我灵力？”

“对不起。”

什么？我震惊地从渊华肩上猛地抬起头。

“对不起，甘凝。我不想这样一次次地伤害你，可对这病我没办法，一点办法都没有。我也不想伤害你。”

我见过凡间玩世不恭、风趣幽默的渊华，也见过仙界高高在上、清冷威严的帝君，但这个满怀歉疚，甚至声音都带着颤抖的男子，我还是第一次见。

仙心里像是有个什么东西破土冒出了芽儿，我不由得伸手抚摸他：“没事的，你没有伤害到我，你做得很好。”

他如同卸下了一块巨石，轻松了许多：“谢谢。”

我也不知道自己怎么就将这么多的埋怨和难过轻描淡写地带了去，可自仙心中的那芽儿出现后，所有因他产生的不好的情绪都被轻轻吹散，剩下淡淡的、像阳光般美好的、难言的小秘密。

不知不觉，带着这样温暖的心情，我们抱在一起睡了过去。

直到卯日星君飞到了三十三重天最高处，我才醒了过来。

床上的凹陷和淡淡的清香，说明昨夜有人在此留宿。

我烧着脸，摸着被子，忍不住地傻笑，然而门外传来的声音令我瞬间收敛了笑意。

“到现在还没起床，昨天是有多激烈啊。”

“叫她送个丹药怎么还带回了个帝君过夜呢？”

“你小点声，别被她听到。”

“放心吧，她肯定累得睡不醒了。”

此刻“睡不醒”的我很是忧虑，渊华居然不施个隐身术就走了，以我对老君府的八卦传播速度来推测，只怕我明天哪儿也不能去了。

为什么渊华不能遮掩些？

第四章 花边缠身

01

我在房间待了三天三夜，直到羿仁把我揪出来，这舆论席卷三十三重天的速度我还是小看了。

据羿仁所说，整个仙界的女仙九成九都签了个生死战书，誓要为了维护她们心中一尘不染的帝君大人与我决一死战。

其中甚至还包括蓉婵上神的侍女萱庭。

说来正是昨天的事，浩浩荡荡的一群女仙以仙魔大战的架势一路冲到十八重天的传送阵处，嘴里还喊着“含羞无耻，还我帝君”的口号，差点就将老君府一锅端了。

这个口号听来倒是朗朗上口，想来应该是那个缺德的萱庭想出来的。我对自己的恶意揣测毫无歉意，还暗自偷笑。

“不过她们后来怎么没有打进来，我在房间里连个女人的声音都没听到。”我抓起两把炒蜜蜂，咂巴着嘴等下文。

羿仁白了我一眼，也拿起两只炒蜜蜂嚼着，明明之前还有些怕虫子的，现在被我熏陶成这样也不知是好是坏。

羿仁缓缓开口：“还不是我的司弘哥哥以聚众闹事的罪名，将带头的萱庭抓去关了起来，其余的被吓唬之后就再不敢找你麻烦了。”语气像是被打翻了的醋坛子，酸溜溜的。

我兴高采烈之余，自然还不忘捧一捧这仙界醋王：“司弘上神定是顾及你这老君大弟子的安危，不然铁定忙着练兵对付魔界呢，哪会管什么聚众闹事呢。”

羿仁被我哄得面色红润，难掩笑意，显然是将这信口胡诌的解释当成了司弘关切他的最好佐证。

我再趁机揶揄了他一会儿，他才止住我：“好了好了，今晚瑶池还要补办酒会呢，上次我们又是哭号，又是跑姻缘府的，面子都丢尽了。这次炼制些丹药作为赔礼，我们可得安分点，特别是你才和帝君出了那档子事，易惹人妒忌。”

我乖乖应是，目送羿仁去丹室取他炼制的仙丹，随后手忙脚乱地去库房取些药材。

去酒会送仙丹这等大事，羿仁怎么能到现在才理所当然地跟我讲！我不仅没准备丹药，连面对公众的心理准备都没有啊！

算了算了，兵来将挡水来土掩，将十几样药材摆在面前的我，冷静地安慰自己。

是夜，月朗星稀，仙云缥缈，几天前意外中断的瑶池酒会又重新办了起来。

我们老君府三大弟子到了入口处还是有些尴尬的，好在钧芜之前与负责的仙侍们都通了气，我们才没被刁难，顺利地坐到了自己的席位上。

不过，我也发现周围觥筹交错，全然没被我们一行人的入场所干扰，甚至无人往这儿多瞟一眼。

奇怪，我这么快就过气了吗，还是司弘上神的杀鸡儆猴效果出众？

羿仁伸出一根手指戳到了透明的边界：“看来是‘包厢’啊，外人看不见里面，我们却能看到他们。”

呼，我长舒一口气，有关系就是好，回头给钧芜送两颗塑体美颜的仙丹吧。

不过，这种结界的功用似乎仅限于参加酒会的宾客们，那些送酒端菜的仙侍对此视若无物，照常服务。不愧是瑶池举办的盛会，果然方方面面都考虑周到。

我很是高兴，一杯杯的酒就往嘴里倒，如长鲸吸水般转瞬间就把五坛美酒灌进了肚子，身子却觉得轻飘飘，仿佛是蒲公英那随风飘扬的种子。

呸呸呸，本姑娘好歹也是一株吃肉的锦罗草，怎能和那种弱鸡混为一谈。

突然，我像是被人提起的提线木偶似的，噌地起了身，不受控制。

我听到羿仁婆婆妈妈的唠叨声，看到同样红着小脸跟着我起身的火苗。

“你们干吗呢，快坐下。”羿仁焦急的样子真好玩。

凭什么天天使唤我，明明大家都是老君的弟子。我打了个响亮的嗝儿，指着羿仁挺拔的鼻子喊道：“你让我坐？我偏不！气死你！”

“气死你！”是火苗附和的声音。

羿仁就要起身过来抓我，我和火苗觉得好玩，跟他在这小小的空间里玩起了老鹰抓小鸡。要知道从前在灵犀谷时，八大长老联手都抓不住刚修成人形的我，逃跑这事我简直不能再擅长了。

转圈似的四处上蹿下跳，伴随着火苗没心没肺的笑声，一桌的酒水碗碟，碎的碎，倒的倒，加上羿仁抓狂的模样，这酒会也真是有趣极了。

正笑嘻嘻地跑着，火苗突然大叫一声“钧芜，我错了”，然后就是他被羿仁逮住的惨叫。

不好，钧芜来了，在场的逃犯就剩我一人，加上又多了一个抓捕我的人，目前的处境太危险了。

钧芜见这满地狼藉，气势汹汹地就要朝我扑过来，收拾完火苗的羿仁也缓缓向我靠近。

“你们以为我是好抓的吗？”想到逃脱方案的我轻蔑地看着他们。

钧芜照样是那大大咧咧的脾气：“管你好不好抓，到了老娘手里，看你怎么哭。”

哼，我露出自认为邪魅的笑：“哈哈，本姑娘属于这天地！”然后，纵身跃向那处透明的屏障。

听到他们两人异口同声地大喊“不”，我心里得意扬扬，这下看你们怎么抓我。

噼里啪啦的碎裂声响起，一阵剧痛袭来，我好像砸在了什么坚硬的东西上，各种辛辣的液体沾湿了我的衣服，周围响起此起彼伏的尖叫。

怎么了？难道我跳进了谁家煲汤用的大锅，好痛啊，一点都不开心。

“是你？”很讨厌的声音让我下意识地睁眼。

熟悉的高傲蔑视，正是许久不见的萱庭。

她眯起眼打量我：“果然是无耻的锦罗草啊，勾引了帝君还不满足，连瑶池的酒会都想来搅和。”

02

从前听凡间的人们说，酒能放大情绪。原本我只以为它能壮壮胆子，让人容易高兴这样。如今我浑身沾满酒液小菜，披头散发地瘫在桌子上，被众多仙家打量和讨论，才知晓放大的情绪中也包括脆弱、委屈和难过。

我心想，对着讨厌的人气势总不能弱，开口却控制不住地带着哭腔：“我没有搅和，帝君他才不是被我勾引，我只是给他治病抱抱他。”

我不知道是我说错了什么话,还是刚刚的哭腔惹人厌恶了，对我指指点点的仙家多了起来，都是些“不要脸，不知廉耻”之类的话。

为什么我说的是实话，却要被人这样议论？

萱庭恰好为我解开了疑惑，她捏着兰花指，神色厌恶：“真是不要脸，自己凭空出现砸了我们这一桌的仙酒，还说不是来捣乱的？更无耻的是，把勾引帝君说得那么暧昧，我听着都觉得害臊。听说你是什么锦罗草，我看干脆改名叫无耻草好了，那样多贴切。”

呃，我愣住了，因为从前在灵犀谷修行时，大大小小的草木精怪都会追着我喊“无耻草，你给我站住！谁让你拔我的种子/偷我的花瓣/吃了住我身上的蜜蜂”之类的话。

无耻草于我而言就像个金光闪闪的荣耀一般，是回不去的年少时光啊。

等着看我被打击模样的萱庭没能如愿，于是恨得牙痒痒的她叫了身边两个膀大腰圆的女跟班就要将我扔出去。

那两人看着凶神恶煞，动手也很粗鲁，分别抓住我的一手一脚就要将我扔出去。

呜呜，羿仁你们都去哪儿了，怎么不来救我？被扯着的四肢痛感强烈，我此时露出的扭曲的表情一定让萱庭很痛快吧。

有好心的仙家劝解道：“不过是个刚飞升的小丫头，你何必跟她置气呢？更何况帝君说不准惦记着她，回头拿你是问怎么办？”

我虽然心里没底，为了生存也忙着点头。

谁知萱庭猖狂得无法无天：“区区一个小仙，帝君也会放在心上？我告诉你们，只有蓉婵上神，曾与帝君是姻缘碑上命定的一对，这无耻草不过钻了空子，我替上神出气，帝君怎会迁怒我？”

在场的众仙包括我都不知渊华还与蓉婵有这份关系，难怪他们看起来比常人亲密许多。

“一二——”萱庭得意地喊起了口号，我绝望地闭起眼，希望自己的身子骨足够硬朗。

“三！”她这最后一声喊得很兴奋。

想象中的疼痛并没有如约而至，反而身子一松，落入熟悉的温暖怀抱。

我下意识地抱住这救命稻草，抱住我的那双手似乎更用力了一点。

“是谁说本座不会迁怒于你的？”

周围的空气仿佛灼热了许多，绛紫色的火焰熊熊燃烧，却没让我感到丝毫不适。

我偷眼看着他被老天精心雕琢似的侧脸，渊华，这个名字令我心中的小芽儿茁壮生长。

被烈焰环绕着的渊华犹如火神降世，眼中的凶戾连我都有些害怕，更别说在场的仙家们了。

众人齐刷刷地跪下请罪，生怕被萱庭牵连，她自己更是一路跪到了我们面前。

“帝君，小仙知错，不该对这锦罗草那么狠的。可是帝君，蓉婵上神比她好了千万倍，您不要被她蒙蔽了眼，小仙是为了蓉婵上神和您才如此的，小仙做的一切都是为了你们能够幸福啊，望帝君三思。”

看似掏心掏肺的一番表忠心后，萱庭又对着我磕起了头：“求求你放过帝君吧，仙界的青年才俊还有很多，你许哪个都行。但上神她心里只有帝君，你也是属于上神掌管的草木之灵，不能感恩报答，起码也不要落井下石吧。”

我简直是气得说不出话，被羞辱被伤害的是我，决定放下渊华结果被抱了一夜的是我，为什么到她嘴里就成了我是拆人姻缘的无耻草？

对付这样绵里藏针的人我实在不擅长，一肚子气无处发的我，只好稍微捶了下渊华的胸口。

啊，好硬，我摸着有点疼的手不再动作。

不过，渊华好像轻轻地笑了一下，随即他浑厚的威压朝萱庭狠狠施展而下，只听一声惨叫，我向下看去，萱庭神色痛苦地捂着小腹蜷缩成一团，面容扭曲狰狞。

从周围逸散的灵力来看,她似乎瞬间就被废去了不少修为。

虽然狠是有点狠，但我还是抑制不住地痛快。

渊华端着帝君的架势，冷冷开口：“上神之间的事何时需要一个侍女来操心了？蓉婵平日实在过于骄纵你，若是甘凝真被你扔了下去，你的教训就不止今日这点。”

“啊——”是萱庭的惨叫和骨裂的声音。

一些先前嘀咕我的仙家见这场面吓得直磕头求情，我觉得这种程度已经足够夸张了，想让渊华住手。只不过我还没开口，便看到了渊华身旁的三位上神，这才知麻烦大了。

钧芜他们几个老老实实地跟在三位上神身后，其中两位上神我都认识，一个是仙界战神司弘，还有一个就是今日萱庭口中的草木之神——蓉婵。

这是我第三次见到蓉婵上神，她依然那样绝代风华，哪怕是见到自家宠爱的侍女被踩断了手掌也面不改色，款款大方。

蓉婵上神朱唇轻启，眼神落在了渊华怀里的我身上：“这就是那个小丫头？渊华，之前你为了她与我争吵，现在又折磨我的侍女，你真是被魔主的咒术迷了心智不成？”

我害怕得止不住地颤抖，就萱庭那副模样，她的主子再怎么仙女果然也是个狠角色。现在看来所有矛盾的根源都在我这儿，要是渊华把我交给蓉婵上神，就算能活着，也肯定得脱层皮了。

不自觉间，我汗湿的手心将渊华的衣服抓得皱巴巴的。他垂目看着我，淡淡道：“别怕。”

他说的这两个字像是有法术似的，我自然而然地就放松了下来，信任着他。

渊华漠然地面对蓉婵上神：“你的侍女被罚是因她擅作主张，最好这毛病不是从你那儿学的。”

“不然呢？”蓉婵连回怼别人时的语气都是令人如沐春风。

还好渊华没被她吹倒，而是漠然下令：“侍女萱庭，恃宠而骄，欺压仙僚。三日内自行前去诛仙台领七道雷罚，否则开除仙籍，贬下凡间。”

蓉婵上神终于有了些怒火的样子，此时的萱庭听了还有这般惩罚后，吓得浑身颤抖，扯着蓉婵上神的衣角求助。

“渊华！好歹当初萱庭也是服侍过你我，你竟为了一株草就对她如此狠心！废了她百年修为后，竟还让她受雷罚，你是存心要她死。”

我相信很多神仙都是第一次见到蓉婵上神这样大喊大叫，吓得连头都不敢抬。

渊华像是做了件微不足道的小事：“莫要装作不知，她当初存了什么心思，你自己清楚，少了点让她自傲的资本，雷罚炼体，对她有好处。”

蓉婵上神美丽的脸青一阵白一阵，最后还是忍了下来。我还以为今日不打一场是不行了。

把神志不清的萱庭收进了广袖之中，蓉婵深深地看了渊华一眼，又看向我，然后一言不发地走了。

在场的上神少了一位，但感觉压力并没有小很多。

另一位我不认识的女上神现在才说话，她看起来像个和善的凡间妇人，但身上的威严颇为慑人。

“既然蓉婵上神的事了了，那我们来说说瑶池之事，另外众仙家无事便可离去，此次我招待不周，这些仙酒诸位可带回去品尝压压惊，就当是我的赔礼。”

一听能走了，那些仙家马上感恩戴德地拜谢，离开的速度也快得惊人。这时我才知道，这位上神就是瑶池的主人，当今仙后的妹妹——西瑶上神。

渊华已经抱了我许久，我让他把我放下，免得他还要与这些个上神说话太累了。可他委实固执，加上我身上还疼着也就懒得和他较劲。

西瑶上神见我们这样倒没什么表示，只是让钧芜出来解释来龙去脉。

原来那处结界是钧芜自己设置的，瑶池酒会从没有什么“包厢”这样的东西，也是她拜托了几个小姐妹过来照顾我们，给我们拿了许多珍藏的仙酒。

她一边承认过错，一边落泪，我也忍不住地哭着。

自打我离开灵犀谷去寻找修炼的宝物，就再没遇到过能交心能信赖的好友了，导致我曾以为外面的世界全都是尔虞我诈。直到我遇见羿仁、渊华的化身、钧芜和火苗，才被他们的温暖打动。

我挣扎着求西瑶上神：“上神，一切都是因我而起，若不是我要来酒会，钧芜就不会费尽心思准备这些。您有什么惩罚都让我来承担好了，她只是照顾我而已。”

小小的火苗童子也嘟着嘴喊道：“好歹我是个男人，有什么都冲我来好了。”

我差点破功笑场，好在担忧压过了笑意，没暴露出来。

不过西瑶上神却是肆意地笑了，她甚至弯下腰伸手捏了捏火苗红扑扑的小脸蛋。

“要是这样就能饶过钧芜，我就一直给你捏。”火苗很会谈判。

“捏久了就腻了，你以为自己有什么好稀罕的吗？”西瑶上神眼里是盈满的笑意。

谈判没用，筹码太过廉价，火苗的嘴都要扁成鸭子嘴了。

渊华显然与西瑶上神也熟，无奈道：“你别逗他了，想怎样直说吧。”

西瑶上神叹口气：“唉，还想和他们多玩会儿。既然你都开口了，钧芜，你擅用职权为好友谋私，罚你三月俸禄，取消酒会掌事资格可有意见？”

比起萱庭的下场，钧芜听了这等惩罚简直是要笑出声，乖巧地跪下与火苗一起感谢西瑶上神。

“那么甘凝……”西瑶上神话锋一转，果然说起了我，“小锦罗草，你虽是喝醉了酒，但砸坏了桌子、酒水却是实打实的，让你赔偿不过分吧。”

“不过分，不过分，您宽厚仁慈。”我尽管有点肉痛，还是开心地接受了这个结果。

西瑶上神意味深长地看向渊华：“这样你可满意，别说什么小气啊，再轻别人还说我怕了你。”

渊华点点头，看来西瑶是个好玩有趣的上神。

“那我们告辞了。”渊华没理苦等许久的司弘上神，就要飞走。

司弘上神气得就要过来打架：“明明是你叫我留个心眼，甘凝有麻烦就过来救她，现在自己来了，就让我白跑一趟啊。”

这么一说，之前仙女们要围攻老君府被罚也是因为渊华交代了司弘要照顾我。

嘻嘻，这个男人有点体贴哦。

渊华耍赖道：“谁让你晚来这么久，甘凝都要被人扔了。”

司弘着急地解释：“那还不是因为羿仁他们被西瑶扣住了，我得和她商量。”

西瑶上神事不关己地转过身去逗火苗玩，羿仁脸上则浮现出甜蜜的笑容。

“那瓶万年琼浆等下次再给你吧。”看来渊华就是想赖账。

欸，我突然想起来自己炼制的那颗十全大补丸，虽是遵循渊华的嘱托，但毕竟司弘都是实打实地来救我，于情于理都应该意思一下吧。

我掏出丹药，递给他。

五大三粗的司弘上神高兴得像个小孩，还答应我以后如果再有麻烦，他定会飞奔过来解围。

哈哈，我真是深谋远虑，处事圆滑。

“不过，这是我自己独创的大补药，不知道具体效果怎么样，你吃之前还是得小心。”

司弘拿着丹药赏玩，显然没听进去，不过有羿仁这个老君府大弟子在应该没事吧？

于是，我放心地被渊华带回了他的寝殿。

是不是有哪里不对？

当我被放在床上，看着渊华解去外袍，双手向我的衣服伸过来时，我吓得一声尖叫，然后一口咬在了渊华的手上。

他没反应，看起来好像还有些疑惑。

你装什么无辜天真呢，大灰狼，在凡间我就知道你是个什么流氓德性了。

谁知面对我恶狠狠的眼神，他只是视若无睹，将另一只手伸向我的额头。

“有点烫，看来湿气进了身体，发烧了。”

我再三确认，他的确是觉得我发烧了。

不是，怎么会变成这样呢？我看这个男人的脑子才烧得厉害。

我松了口，晶莹的丝线从我的嘴里流到他的手上，他一副无悲无喜的神情。我边用袖子擦干净，边对他笑，这样应该不会生气了吧。

“看来烧得不轻。”

……

我现在能再咬一口吗？

忽然，渊华爬上床来将我抱在怀里。

“啊，我今日不行，不能被吸灵力。”我慌张地想要反抗这个吸灵狂魔。

只是奇怪的是，我的灵力并没有减少一分一毫，反而有一股股温热的气流温暖着我被酒水浸湿的身子，衣服不知不觉间就被烘干了。

原来是想祛除我身上的湿气吗？渊华还是个体贴的人啊。

我们就这样安静地抱在一起，带着酒香的热气从我身上缓缓升腾。说起来，我们每次拥抱的时候话都不多，都是我咋咋呼呼的，而他有一句没一句地答着。

这还是他第一次从背后拥抱我，身高腿长的他几乎将我完全笼罩了起来，让我莫名地觉得很安心，好像有什么艰难险阻都会被这个人挡着。

我放松下来，聆听着他的呼吸，平稳安静，仙心中的小芽儿在咔咔咔地节节拔高，幸福感充盈得满满的。

“嗝……”

怎么回事？哪儿来的这么大声的嗝？

“嗝……”

这回我就知道这嗝是谁发出来的了。

我扭头看去，渊华通红着脸，眼神迷离，俨然一副醉酒的模样。

不是吧，堂堂仙界帝君居然闻着我衣服上的酒气就醉了？这是个什么连舔碗底都不行的酒量啊。

我的动作好像引起了他的注意，他迷离的眼神缓缓聚焦，紧紧盯着我，看得我心跳加快。

“小草……”酒醉后，他的声音居然有点奶声奶气的，“抱紧我的小草。”

他他他……他在说什么啊，弄得我的脸迅速涨红。

我还有点期待他再说些什么呢，结果他睡着了，害得我的整颗心七上八下的。而且，他四肢像枷锁般紧紧地扣住我，让我无法动弹。

不过，他轻轻呢喃小草的样子，还是很动人心弦的。看来这个渊华确实有许多副面孔，时而温暖，时而凶戾威严，还有如当下这般软乎乎的。

只是，仙心里的小树苗是为谁生长的呢？

我也不清楚。

03

第二天一早，趁渊华身体放松了下来，我悄悄地从中挣脱，看着被这点酒气熏到现在还不醒的帝君大人，觉得很有趣。

我小心翼翼地变出一支笔，在他脸上画下我的得意之作。

心情顺畅的我，不禁考虑起还酒会时欠下的人情之事。昨日送了司弘上神大补丸，也算间接还了羿仁的人情，还有火苗和钧芜，自然也得为他们准备些礼物。

可惜我一穷二白，现在还欠了西瑶上神一堆债，只能从丹药下手了。

嗯……若是能让火苗恢复成青年模样，那不是一箭双雕？就算火苗和钧芜两人的礼物都送了。

如今在昆吾宫，渊华想必也收藏了些上古丹书，去藏书阁瞧瞧吧。

解除老君当年废了九牛二虎之力才炼制出的“长生丹”的药力十分困难，这么多年火苗都没变回来，甚至如今性格也越来越像小孩，就足以看出此事的艰难。

但我相信“皇天不负有心人”“有志者事竟成”这类凡间哲理，连我这株锦罗草都能成仙，天底下还有什么不可能的吗？

于是，我兴致勃勃地扎入书海。

老君专攻丹药，藏书阁里有关于这类的典籍多不胜数，但还是有许多没有的典籍，好在渊华这里的藏书阁里有。

我看得如痴如醉，直到肚子饿了才察觉到时间流逝。

不过我也不在意，我喜欢这种无人打扰的状态。

掏出我最喜欢的炒蜜蜂，我一边吃着，一边翻着一本药材图鉴，有很多药材十分珍稀。

咦，这株春阳草怎么看着眼熟？

我回想起昨日炼丹时，里面有样药材就是春阳草，我那时只是粗略感觉它的药性至阳至刚，用作补药效果应该很好。

书上只有短短的一句话介绍，但过量会有怎样的后果，多少算是过量都没提。

我拼了命地回想，就记得我好像图省事把整株春阳草都扔进了丹炉，不知司弘吃了它会如何……

突然，身后冒出了一个脑袋。

“春阳草？你是想把它偷偷加在我的饮食里吗？”

我缓缓转过头，渊华湿漉漉的俊脸正对着我，弯起的眉眼里明晃晃都是危险的意味。

原先被我画了只可爱乌龟的脸，被洗得一干二净，连半点墨迹都看不出。

我连忙不打自招：“不不不，我错了，我就是看你睡着的样子觉得好玩，下次再也不敢了。”

渊华只是笑，双臂将我圈了起来，有点像昨晚我们抱在一起的姿势。

“别怕，不就是画了只乌龟在脸上吗？你可是我的良医，怎么会收拾你呢。”

温热的气息吹得我耳根子发软，警惕心也去了大半。

于是过了一会儿后,脸被渊华画了三只乌龟的我悔不当初。明明独自闯荡天下时日不短了，怎还会被这种低劣的欲擒故纵所骗，蓝颜祸水啊!

“别动，我的小乌龟还有条腿呢。”

近距离看着渊华，不自觉就会被他放大的容貌吸引。

怎么这么没出息啊！我心里恨铁不成钢地想着，但还是乖乖地约束自己。

“好了。”渊华收起笔，脸上是浅浅的笑意。

应该不会画得太丑吧,好歹是帝君呢。我忐忑地拿起镜子,却见到一张无甚变化的脸。

怎么回事？不是画乌龟吗？渊华难道在逗我玩?

我狐疑地看向他。

他回望我的一双温柔似水的眼堵住了我的千言万语。

渊华将手背贴在我的脸上轻轻摩挲，镜中的我脸上浮现出金黄的纹路，似乎是很偏门的符篆。

光华一闪，镜中的脸变成了只与我有五分像的陌生面孔。

渊华轻声解释：“如今是非多，你出行不便，这道易形符效力不高，熟悉的人多看两眼就能看穿本相，不过陌生人是断然认不出的。”

我忍不住转过身抱住渊华，小声地在他耳边说：“谢谢你。”

其实主动抱住他的一瞬间我就怕了，他会不会不喜欢，会不会推开我，会不会我们好不容易有的一点情谊就此消散？

还好，他笑了，笑声动听而有磁性。

04

满河璀璨星辉在天河中莹莹发亮，司弘上神才在帝君那儿受了气，闷不吭声地驾着云。

羿仁偷偷瞧着司弘不高兴的样子，也不敢说什么，只是攥紧手中司弘给他的大补丸。那本是我送给司弘的谢礼，可司弘说自己那么强壮，便把丹药给了相对来说小身板的他。

其实羿仁也不算是瘦小，只是看着穿衣显瘦，人还是个挺拔俊朗的少年，但司弘也不知自己是怎么了，总是不由自主地想要照顾这个时常缠着自己的小孩。

“天河深处的星辉对愈合伤口很有效果，你在云上待着，我下去取一块来给你疗伤。”司弘关心起人来，声音一贯瓮声瓮气的，羿仁早就习惯了。

羿仁也没受多重的伤，只是先前我和火苗醉酒，打翻了一桌的碗碟酒壶，他追我们两个小祖宗时，不小心被划了几道，也不碍事。但司弘上神征战沙场，对血腥味极为敏感，自然瞒不过他，羿仁就被拉来了天河取星辉疗伤。

等到羿仁听话地应是后，司弘直接在半空一跃而下，矫健的身影入水掀起零星的浪花。

羿仁看着天河，那道在河中如鱼得水的身影勾起了他在凡间时的回忆。

那时司弘还不是万仙敬仰的仙界战神，只是个邻居家好脾气的大哥哥，从前他被人欺负受了伤，也是司弘为他打架出头，到溪里抓鱼给他。

好像除了司弘的记忆以外一切都没变过，他还是一样费尽心思地想要报答恩情，司弘还是一如既往地不在意。

司弘从来都不懂，他的举手之劳于羿仁而言，是一生都要去报答的恩情。

想得入神，破水而出的司弘落在云上，羿仁才一下回神。

他的须发、衣服皆湿漉漉地往下滴水，勾勒出身上醒目的肌肉线条。他手里攥着一块发着莹光的星辉，对着羿仁温和地笑。

司弘将星辉递给他。

这块星辉看着是类似鹅卵石的模样，摸起来却是柔软有弹性。

“将星辉敷在伤口处，它自会加速伤口愈合。”司弘又指了指羿仁手里的丹瓶，“你流了不少血，把这大补丸吃了也好弥补亏损的血气。”

这人看着五大三粗，照顾起人来，却从来都是周全体贴的。

羿仁打开丹瓶，仔细闻了一下：“有蛇血果、青岚树叶、金曜花……”还有几味认不出的药材，不过想来也是补充血气之物，甘凝的炼丹术还是不错的。

不再迟疑，他把星辉敷在胳膊和小腿上后，羿仁张口就咽下了那颗大补丸。

“怎么样，好些了吗？”司弘迫不及待地问。

“才刚吃下哪有那么快起效。”羿仁趁机取笑了他一番。

不对，怎么丹田处好像有团烈火在燃烧，灼得他喉咙发干，身体每一寸皆像脱了水似的难受。

司弘正要驾云送羿仁回老君府，忽然见羿仁躬起身子，脸色苍白。他一下慌了心神，上前扶起羿仁，焦急地询问：“羿仁，怎么了，是那颗丹药不对劲吗？”

“水，水。”羿仁只是无意识地喊着。

“你等着，哥哥马上去为你取水。”焦急的司弘没注意到自己说漏了嘴，缓缓操纵仙云下降至天河水面，准备取些河水给羿仁喝。

而他没发现，听到“哥哥”两个字后，羿仁涣散的眼神突然有了光亮：“哥哥，你在里面等我吗？”

高兴地舀起水的司弘只听“扑通”一声，原本趴在仙云上毫无力气的羿仁竟自己跳下了天河。

不好，他清清楚楚地记得羿仁是个极其怕水的旱鸭子。

来不及多想，司弘也纵身跃下，去追寻被水流冲走的羿仁。

天河贯通仙界三十三重天，由漫天月华星辉长年累月积聚而成，水流极为湍急，还能压制灵力。除非有专门渡河的仙船，上神之下的神仙入水就是九死一生。

天河的水域过于广阔，司弘仅仅是见羿仁消失就跟着跳了下来，才这一瞬的工夫，他就找不到羿仁了。

“羿仁！”司弘运足灵力喊遍了整个水面，却丝毫人影都不见。

司弘焦急起来，被压在心底不愿忆起的心魔重新浮现，他那身着艳红嫁衣的新娘，巧笑倩兮地变幻出寒芒刺眼的利爪，在羿仁的脖子上比画。

“夫君，你这弟弟这么不听话，是不是该好好教训一下？”

不，这样的事不能再发生。

可这茫茫天河，如何寻得沧海一粟般的羿仁。

司弘果断下了决心，既然只有自己在那个凡间的小男孩孤立无援时对他说，要护他一世，那自己就不能食言。

心底的心魔嘻嘻哈哈地大笑，让他灵台混乱，但他还是固执地将它放了出来，只有心魔能与当初渡给羿仁的那道仙气产生联系。

“找到了！”

司弘猛然下潜，如蛟龙入海。黑暗的水面之下，他终于找到了正缓缓下沉的羿仁。

羿仁从来都是个好看的少年，哪怕此时在水里昏迷着，司弘都觉得他睫毛上的那些气泡犹如珍珠般美丽。

游过去，他托着羿仁回到了仙云上，羿仁白皙的胳膊和小腿上的伤口已经消失，呼吸和脉象也都趋于平稳了。

司弘看着他昏迷的模样，笑了笑感叹道：“你还真是个多灾多难的命运啊。”

脑海尖锐的笑声突然响起，心魔讽刺他：“人家之所以多灾多难不都是因为你吗？”

“你住口！”司弘额上的青筋暴起。

心魔丝毫不怕，轻浮地笑着：“要不是你自认是大哥要护着他，欺负他的孩子怎么会变多，那只狐狸怎么会杀他？这次的丹药也本是送给你的，是你让他吃下，他才差点没命。一切都是你的轻狂自负，拖累本来能平安度过一生的凡人，还不离人家远远的，还嫌祸害得不够吗？”

羿仁的眼皮动了动。

司弘没再反驳心魔，它说的每句话都能狠狠地刮下他心上的肉，他深深地看了沉睡的羿仁一眼。

将仙云留下，他独自飞回了战神殿。

天河水浪涛滚滚，羿仁起了身，小心翼翼地抚摸着仙云，悄然离去。

第五章

红尘似水

01

仙界一如往日般繁忙,各式飞得犹如离弦之箭般的仙云中,我驾着棉花云慢吞吞的，生怕被人撞到，有几个急脾气的仙家还对着我骂了几句。

不过，我还是挺高兴的，他们都没认出我，哈哈!

其实我也没必要如此小心谨慎，认识我的仙家满打满算也就数百人，相比仙界十几万位仙家的数目来说还是不够看的。

但就怕一群人里有那么一个认识我的仙家，那样又会多出一群认识我的仙家。为以防万一，出了昆吾宫后，我就一直保持着易形符变化的容貌，不得不说，还挺好用的。

震耳欲聋的水声轰隆作响，我到了战神殿前。

战神殿就离天河不远,甚至于我在殿外等小侍卫进殿通报,直等得连身上的衣服都凝结起了小水珠。

这侍卫怎么还不出来，是想让我浑身湿透吗？

百无聊赖地抱怨着，里头终于有个人影匆匆出现，我想这侍卫可算是回来了。堵在了门前正要质问他呢，结果我被那人无视地撞了肩头。

我一把就扯住他要与他讲道理，却发现眼前这神情悲戚、双眼泛红的人竟是羿仁。

羿仁原本想甩开我一走了之，但他许是看我眼熟，仔细看了一会儿后才淡漠道：“甘凝，你来这儿做什么？”

不知怎么问羿仁的状态，我只好先回答：“来看看司弘上神吃了丹药有什么不适。”

听到丹药两个字，羿仁冷笑了一下。

我从未见过他这样，着急地上前拉着他：“羿仁，你怎么了，是不是那丹药不好？我之前不知什么是春阳草，误加了一株进去……”

手被狠狠地甩开，羿仁声色俱厉：“我和老君平日怎么教你的，未知的药材要经过多番试验才能拿来炼丹，何况你竟然把不明药性的丹药随便送给别人。甘凝，你好歹当了好几个月的神仙，连这点常识都不知道吗？”

我没想到事情会如此严重，虽知道哭泣没用，但我还是不争气地落下了眼泪：“羿仁，对不起，司弘怎么了你告诉我好不好？我去道歉去赔礼，只要能让他好起来我做什么都可以。”

谁料我以为起码半身不遂的司弘上神大踏步地就从殿里走出，只是司弘的神色看着也很吓人，他一出来就是一声怒吼：“羿仁，这事不怪她，早晚都会变成这样的，你清醒些好不好？”

“我清醒？好，我就是不清醒了。你就永远做个老好人吧，三界的老弱病残都让你去照顾好了。”说完，羿仁便拂袖而去。

我根本不知此情此景究竟是怎么回事，只能茫然地站在原地责怪自己。

“甘凝，这些事与你无关，不必挂怀。”司弘安抚完我，就回了殿内，一点没有要去找羿仁的意思。

说是与我无关，就是再蠢我也不会相信这番话的，既然是我把事情办砸了，那就得由我将事情解决。

说走就走，我驾起棉花云顺着羿仁离去的方向追去。

仙界的无边无际这时候就一点都不惹人喜欢了，耽误了一会儿时间，我就连羿仁的背影都看不到了。

茫茫仙界，每朵云彩每处天空我都觉得无甚区别，忽然感觉我做什么事都是这样不顾后果。

最初修成人形时，不听谷主和长老们的告诫，偷偷逃出了灵犀谷，结果被一只装死的火鸟吸光了灵力，被打回原形；后来游历天下，为了得到万年石乳混入皇宫，却令渊华的化身丢失，我一直怀疑化身与本尊之间有什么特殊的联系，才令渊华的性情如此不一；再者就是喝醉酒搅乱瑶池酒会，把粗心炼制的丹药给了司弘……

一桩桩、一件件数起来，我都替自己羞愧，原来我是这么糟糕的一个人，那我还有什么资格为他们解决问题呢？

愧疚和自卑像天河的浪潮般将我吞没,我漫无目的地飞着，不知往何处去。

“怎么一个人在这儿，和渊华吵架了？”

棉花云撞上了一朵更大更华美的仙云，我马上开口道歉，却听山间清泉似的清澈声音唤着我。

她眸中的担忧犹如易碎的水晶，令人目眩神迷。

我回过神，赶紧行礼：“见过蓉婵上神。”

自上次酒会一别，我私以为这下我真的把蓉婵上神得罪惨了，但她好像没有要趁机收拾我的意思，不过，我还是有些害怕。

“你还没回答我呢，是不是和渊华吵架了？”蓉婵上神秀眉一皱，不满之意溢于言表。

我赶紧回答：“不，是小仙将自己乱炼的丹药送给友人，让他们难受了。”

“哦……”

蓉婵上神看起来有点失望，是因为我跟渊华没吵架吗？这位上神看来比她的侍女直率多了。

没想到的是，蓉婵上神就像是被勾起了兴致，好奇道：“你怎么会给自己朋友吃自己乱炼的丹药，太坏了吧。”

“不是不是，那天瑶池的事让我脑子乱乱的，我没有考虑清楚，只想着这样对他好。”

“哦。”还是简单的一声应答。蓉婵上神怎么和瑶池那天比起来奇怪很多呢，虽说我倒是更喜欢这样的她。

蓉婵上神好像突然想到了什么：“我也想着为渊华好，才让他离开你。谁知道他气得不得了，和我吵了好几次架，看来我们也是物以类聚。”

虽然不习惯这么说话的蓉婵上神，但我还是认真地回答她：“一厢情愿地说为别人好，其实只是为了让自己心里舒服，真正好不好当然是对方说了算。你的办法让渊华难受了，他才会跟你吵架。”

“哦——”这回蓉婵的应答拉长了音。

蓉婵上神忽然问我：“你想知道渊华为什么会有那个病症吗？”虽是疑问，语气却是实打实的不容置喙。

我自然是乖乖地说“想”。

“呵，就知道你这锦罗草一点都不羞。”蓉婵上神真是个不按常理出牌的女人。

她见我窘迫的表情笑得很开心：“逗你玩的，这也不是什么秘密，上神之间都知道，只是他脸皮薄不想跟你讲。”

我立马凑近蓉婵竖起耳朵倾听。

有这么积极的听众，蓉婵自然是说起话来滔滔不绝，过了半晌才把故事讲完，我也堪堪捋顺了其中关系。

当初仙魔大战，渊华被三大魔主设圈套埋伏重伤，不过，他有凤凰涅槃之火的能力本不该是什么大问题。问题是他在重伤之时中了其中一位木系魔主的咒术，导致他平时需要不断吸收木属性灵力才能活着，如若要根除此患，除非凝聚一颗仙木之心。

所以，渊华总是需要吸收木灵力，不过，我只是个小仙，为何他不去吸些大神的灵力呢？就像吃百家饭一样，一人献出一点灵力，世界就会变得美好。

我把这个疑惑说给了蓉婵听，她却是摊开手，无奈道：“我也不知道。不过……”

蓉婵的欲言又止成功勾起了我的求知欲，现在我只想要知道怎么去救渊华，其他的一切都不重要了。

蓉婵神神秘秘地让我将储灵玉给她。

我犹豫了一下，但想着一个上神总不至于贪墨我这小仙的东西，就老老实实地递了过去。

储灵玉在蓉婵手中就像见了母亲的孩子般乖巧，所有灵力都任由她查探。

看到我疑惑的眼神，蓉婵意味深长地笑了笑，手中凭空出现一道光线将储灵玉串起，然后亲自将其挂在我的脖子上。

她修长细腻的手指滑过我的脖颈，温柔动人的声音却令我深陷寒冬。

“这储灵玉是我给渊华的，里面的灵力也都是我注入其中的。”

怎么会这样，那他们之间不是互通了灵力吗？她也能像我与渊华在凡间的化身那样，和渊华心灵沟通吗？

原先我一直以为自己是特殊的，起码于渊华而言，我不是一株路边随处可见的小草，可是……

蓉婵上神察觉了我的异样，懊恼地弹了一下自己的太阳穴，我慌忙问道：“上神你这是为何？”

“不好意思啊，渊华那时候中了咒术，急需木灵力。我又是他唯一熟悉的草木之神，这才定期将自己的灵力给他一部分，只是通过储灵玉转递的灵力，没什么特殊的。”

蓉婵上神绾起耳侧滑落的一缕青丝，明媚动人，饱含歉意。

原来如此，蓉婵上神如此善解人意，我之前实在是意想不到，她这么一说，我也放心不少。

我随即又想起一件事：“那仙木之心是何物，要如何为渊华寻得呢？”

我心想，渊华总这样到处吸取灵力也不是办法，更何况作为仙界帝君，他这样下去万一魔族打上门来怎么办？

奇怪的是，蓉婵上神不说话，只是看着我。过了良久，我觉得是不是要主动开口询问之时，她才语重心长地问我：“你是否爱着渊华？”

这……这是怎么回事嘛？

明明前面还在讨论如何寻得仙木之心解除渊华的咒术，现在，怎么说起这么羞人的事。

我正支支吾吾着不知该怎么回答之时，蓉婵上神忽然带着一阵香风凑近，连我这个女子都觉得心跳加速。

下一秒，我的心如同被一场鹅毛大雪掩盖得冰凉。

她说完那句话，我还没缓过神，惊雷似的一声“蓉婵”将我唤了回来。

肩膀被来者有力的臂膀搂紧，可他熟悉的体温依然没能让我温暖起来。

“渊华，这么着急干什么？我不过是来和甘凝说几句你的趣事罢了，顺便正要送给她百年灵力呢。”蓉婵巧笑倩兮，仿佛先前那番话她从没说过一样。

渊华皱起一双剑眉，漆黑的眼蕴着担忧和些许害怕：“甘凝，我在这儿，有什么事告诉我就行，不用担心。”

我不知自己是怎么露出与平日相同的笑容的，只是不敢对着他的眼睛。

我说：“就是蓉婵上神说的那样啊，你怎么这么容易操心呢。”

“是吗？”他的话语中，突然带着我上仙界初见他时的冷淡。

我无法再说些什么，仙心已经被疼痛绞成了碎末，只能点点头微笑。

蓉婵上神端庄地起身：“既然误会都解开了，我就先离开，不打扰你们了。”

临走前，她意味深长的眼神又令我不安。

但是，我没有选择，我现在只能装作一切都没发生，什么都不知道。

“渊华，你能不能施法找找羿仁在哪儿？”我糯着嗓音，希望他的注意力能有所转移。

其实我也没想到这能有用，毕竟他刚才还是有些生气的。

谁知这位不知活了多久的帝君大人，竟因我说话软糯了些，就红了耳根。他不自然地移开视线，嘴上却犟：“既然你求了我，加上我作为帝君，宽宏大量就勉为其难地饶你一回。不过，下次就不行了。”

我见此方法有效，变本加厉地嗲声嗲气起来：“好呀，谢谢帝君大人。”

帝君大人不堪锦罗草的骚扰，瞪了我一眼，见我老实了才掐诀定位起羿仁的位置。

定位术说来不算多难，但要定位准确的位置，施法者必须熟悉那人的气息或有贴身之物才可以，还与修为的强弱有关。

这也是我虽然与羿仁熟悉却无法定位的原因，以我这浅薄的修为，最多就知道羿仁在仙界罢了。

而渊华不愧是帝君，尽管他一与羿仁不熟，二没有羿仁的贴身物品，但凭借强大的修为硬生生地找到了羿仁躲在云霞汇聚的沧澜域。

被渊华载着飞去沧澜域的我还是很好奇："你是单凭修为就定位到羿仁在哪儿的吗？"

渊华一脸莫名："不，我是想到羿仁身上肯定带着司弘的气息，就按着这个来寻找了。没有任何凭借就想定位到人，那得是父神的修为才能办到。"

我被他奇异的逻辑弄得哭笑不得，自觉想通了关键后，我再补充道："所以，你借着司弘的气息定位到了两个人，因为在战神殿的那位铁定是司弘，自然在沧澜域的就是羿仁了吧。"

"不。"

听到否定回答，让刚才还为自己的聪明才智而沾沾自喜的我很不爽："怎么不是，不然还能怎样？"

"他俩是在一起的。"

我深吸了一口气，被这两个冤家搞得头大，明明你们才吵完架分道扬镳，怎么我就跟蓉婵上神聊会儿天的工夫就又搞在了一起？

渊华狐疑地看我"怎么，知道司弘找到羿仁这么不开心？"

我将来龙去脉都跟他说了一遍后，还以为他不替我打抱不平，起码也会帮个腔吧。不料，这个几乎与天地同寿的帝君大神琢磨一会儿，竟只"哦"了一声。

仙界的上神看来都很不善于回答问题。

02

沧澜域作为三十三重天云霞汇聚之地，平日里都是织女们在其中嬉笑打闹，将织成的彩霞放入其中涤荡染色。今日恰好是行云布雨的日子，彩霞全都堆积于此，没有拿去凡间，织女们也趁着休息出去游玩了。

无人打扰，广阔浩瀚的五彩云霞中静静伫立着两个人，如同凡间话本里的牛郎织女、许仙白素贞、董永七仙女。

可他们是羿仁与司弘。

借着帝君大人施的隐身术，我们躲在一旁兴致勃勃地看戏吃蜜蜂。

我嚼着嚼着，突然想起一件事。

“我们现在离他们有好几里的距离，虽说看是没问题，但怎么听得到他们的说话声啊？”

渊华神神秘秘道：“待会儿你就知道了。”

不知道帝君肚子里装的什么主意,我只好又抓了一把蜜蜂，边吃边等这两人开口。

结果还是司弘上神不负众望抢先开口：“羿仁，我从来就不需要你的报恩，从此你只要过好你的日子便可，不必在我这儿费心。”

司弘上神的声音虽不大，却在整个沧澜域回响，将周围的云霞都激起层层波澜，看起来唯美动人。

难怪渊华这么自信地拉着我躲得这么远，原来是根本不用偷听。

不过司弘怎么突然说话这么狠呢，虽然我一直都不清楚羿仁心心念念的报恩是怎么回事，但我知道这是他必须坚持的执念。原本司弘上神都是对他半推半就的，今日怎么如此抗拒？

难道是因为我的那颗大补丸？

羿仁听完司弘那么决绝的话语,居然没有什么太大的反应，他只是自嘲地轻笑。

“司弘哥哥,我就那么拖累你吗？我都知道了,心魔的事。”

司弘神色一变，着急道：“怎么可能，难道是渊华告诉你的？”

在我身边的渊华拉下了脸。

羿仁摇摇头。

司弘又问道：“难道是因为你吃了甘凝的大补丸，我和心魔说话的时候你都听到了？”

就当我以为羿仁会否定时，没想到他却点了头。

什么？这回轮到我拉下脸了，渊华还颇为幸灾乐祸，被我龇牙咧嘴一番后，才不笑话我了。

“这司弘上神的心魔究竟是怎么一回事，他们你来我往的都是讨论这个，你知道实情如何吗？”为了满足好奇心，我只能求助于司弘的损友帝君大人。

渊华沉吟片刻，似乎在考虑如何开口。

“司弘三百年前曾经道心不稳，为了稳固，他决心下凡历劫磨炼道心。前几世还算顺利，直到两百年前，司弘重生至羿仁邻居家，也算做了个羿仁的哥哥。就是那一世他前功尽弃，滋生了心魔。”

我很激动，这种“青梅竹马”的话本在凡间时我常常听得拍座叫好，没想到身边竟有实例，还都是神仙。我抓了把蜜蜂殷勤地喂给渊华，迫不及待地问：“后来呢，那一世都发生了什么？”

渊华很是受用，把一切都一五一十地跟我讲了。

羿仁的父亲是个酒鬼，母亲是个疯子，村里人人嫌弃，他从小就过着比常人艰辛数倍的日子。

他生命中唯一的光亮，就是重生至他邻居家里，成了他半个哥哥的司弘。

司弘在仙界做惯了战神，到了凡间也很快成了村里的孩子王。他天生嫉恶如仇，最见不得旁人欺凌弱小。也是因他护着，羿仁才没有受到更多欺负。

“后来是不是司弘成婚，他的狐狸精妻子要杀了羿仁，司弘才愧疚不安留下心魔的？”

渊华疑惑地看着我：“你怎么知道的？”

其实我也是突然想起,我们锦罗草一族的记忆力一向不好，哪怕是和羿仁相处了好几个月，我都未曾发觉，这个少年，就是两百年前被我引入仙门的那个凡人。

两百年前我初成人形，还未遇到吸干我灵力的火鸟，整个人用谷主的话来说就是“疯得跟长了腿的鸡毛掸子似的”。

没去过凡间的我自然不懂鸡毛掸子是何物什，只是一如既往地在灵犀谷玩玩闹闹，不过因人形方便，我又想出了不少折腾谷里精怪们的手段。

一日，刚捅了槐树爷爷枝干上的蜂窝的我，被传唤去了谷主那儿。

我们灵犀谷位于远离人世的十万大山深处，灵气浓郁，鸟语花香。十万大山中有不少修为通天的大妖，因此连修行者都不敢深入其中。而谷主更是几位大妖中数一数二的凶悍存在，遍布灵草的灵犀谷能保留到现在也全都仰仗于她。

传唤我的是谷主的一条气根，谷主的原形是株参天的巨大榕树，整个灵犀谷的地面都遍布了谷主她老人家的气根，因此谷内发生了什么事，谁也瞒不过她。

告别了那条气根后，我蹦蹦跳跳地前往谷中央。

毕竟我从小到大都没被谷主责罚过，心中可谓是一丝警惕皆无。

故而我远远瞧见一排被我得罪过的灵草长老，站在参天大树之下时，仍没意识到事情的严重性。

“嗯？大家聚在这儿干吗，谷主过生辰吗？”

我发现，自己高兴地挥手后，那群长老的脸色简直黑得不能看。

拉着脸的前辈们忽然吵吵嚷嚷起来，我不敢靠近，但也听见了零星的几句“这丫头丝毫不知悔改”“管教不力”“谷主您别再惯着她”之类的话。

即使我再没警惕心，此时也察觉到了事情的严重性，想趁着前辈们吵得面红耳赤时偷偷溜走。

谁知这些人看似互相斗嘴，实则紧盯我的一举一动。我脚底才挪了半步，一群上了年纪的精怪就急匆匆地围了上来，将我带至榕树之下。

“老实点，丫头，这回看你怎么惹事！”肿了一只胳膊的槐树爷爷恶狠狠地瞪着我。

旁边几位前辈中，最是嘴贫的香樟爷爷笑问道：“老槐，你这胳膊不会是小丫头整的吧？”

“除了她，还有谁！”槐树爷爷气得吹起白色的胡须。

我反驳：“爷爷您这话可不能乱讲，我也就是给您枝干上那个蜂窝减少些数量罢了，丝毫没动您的胳膊。”

槐树爷爷伸出手，指着我的鼻子：“你这丫头还敢狡辩，你倒是好，一口把人家三成的蜂群都吃了。那蜂后非觉得那是我的阴谋，所有蜜蜂倾巢而出和我拼命，我现在能有一只胳膊完好已是万幸了。”

周围的前辈纷纷送上同情之语，甚至还有些说出更惨的事迹，仿佛是在互相攀比。

我耷拉着脑袋，原来我不知不觉间竟造成了如此严重的后果呀。

“咳咳……”

熟悉的轻咳声响起，大家立刻停下嘈杂的争吵，恭恭敬敬地低头行礼。

“参见谷主。”一众老古板的声音如浪涛般齐整。

面前榕树中缓缓走出一道翠绿色的婀娜光影，我心道：救星来了！看你们还能拿我怎样！

光芒消散，揉着太阳穴的谷主姗姗来迟，她幽幽叹道：“你们这又是何苦，我既答应她父母护她平安，又怎会答应这种要求？”

什么？这群老头难不成要对我用酷刑不成？

识时务者为俊杰，为了保全小命，我立马挤出几滴眼泪，哭号着奔上前抱住谷主的大腿。

“呜呜呜，谷主明鉴，阿凝在世上只有谷主这么一个亲人了。如果谷主都不保护阿凝，那阿凝还有谁可以依靠呢？”

谷主依然是那般软耳朵，加上我哭得这般煽情，她又惆怅地叹口气，抚摸着我的脑袋，对长老们委婉道：“甘凝毕竟还小，我平日事务繁忙没能照顾好她，这些责任就由我承担吧。”

“谷主不可！”

我和长老们异口同声地喊。

虽说我捣蛋是真捣蛋，但本心上我从未想过要害人。谷主从小照顾我的恩情我是不会忘却的，怎能让谷主代我受罪！

“谷主，凡间有句俗语‘宝剑锋从磨砺出，梅花香自苦寒来’。甘凝顽劣，真应该去历练历练，磨磨她的性子，日后才好担大任啊。”

哼，果然是槐树爷爷带的头，这个老头坏得很。等等，出去历练？

谷主把我扶起来拍拍我身上的灰，爱怜地上下打量了我一遍：“阿凝现在也才修成人形，模样像极了她母亲，要是出去说不定会遇上什么坏人。”

原来是担心我的美貌。我恰到好处地羞红了脸，不好意思道：“谷主您这哪儿话，我也不算多么美……”

“她娘当初不就是把驭兽宗的灵虫几乎吃光了吗？不然也不至于被记恨到现在，就算有，谷主您给她易个容不就没事了？”

原来是我素未谋面的亲娘惹下的祸事……

不过，我娘真是锦罗草中的豪杰，简直是我辈楷模啊。从小就在灵犀谷长大、不曾见过外界的我，对那些凡人、修行者的世界颇为好奇。

见我一副崇拜向往的模样，谷主也没再坚持，最终还是答应了送我去凡间历练的要求。

我走的那天，谷内气氛简直是在欢送什么大人物似的，不仅是那些前辈长老，连还未成形的小精怪都欢欣鼓舞。

我甚至怀疑，他们今晚会办个载歌载舞的庆功宴。

瞪了眼使劲挥舞枝干，槐花掉落满地的槐树爷爷后，我觉得此种猜想很有可能成真。

“谷主！”

本来说了怕难过不来送别的谷主红着眼，姗姗来迟。

我一下陷入她温暖的怀抱，微热的泪珠落在我的肩头，让我刚想要的滑头无处可使。

“不要相信陌生人，不要去危险的地方，不要招惹修行者。最后，照顾好自己。”

我笑着拭去谷主眼角的泪，拍着胸脯保证道：“放心吧，我最听您的话了。”

然而日后之事，只能说计划赶不上变化吧。

03

出谷三日，我想回去了。

从前听那些前辈说“在家千日好，出门一时难”，我只当作耳旁风，如今当我自己风餐露宿，甚至刚刚甩掉一群追着我跑的兔子精时，再回想起此话，只觉深入人心。

我拖着沉重的身体，一步一步地挪到一个偏僻的角落。

此处不知是何山的山脚，怪石嶙峋，寸草不生。按理说，我只是为了甩开那群兔子多拐了几道弯而已，怎么会到了一个在春天都生机枯竭之处。

我捶了捶有些酸胀的腿，想着坐下歇会儿，待会儿那群兔子精跑远了，再原路返回吧。

谁知屁股落地却是一片柔软的触感。

“何方妖孽！”我吓得蹦起三尺高，哆哆嗦嗦地大叫，纯然忘了自己是个妖孽。

见那东西老半天都没动静,我才小心翼翼地挪步上前察看。

仔细一瞧，这似乎是具被落叶掩埋的尸体。

暗自祈祷了几声，我轻轻拨开“尸体”上覆盖着的枯叶。

衣衫褴褛，面容清秀，斑驳的血迹凝固在身上，浑身散着淡淡的死气，原来是个凡人少年啊。

可惜，年纪轻轻就没了。

我兀自感叹了一番生死，决定趁现在无事，将他埋了。

毕竟这是我出谷以来遇见的第一个凡人，虽然不是活的，但好歹也是个纪念。

就这样，善心大发的我先是施法挖出了一个足够容纳两个少年的大坑，然后，再用水洗净他身上的污浊。

洗干净后，我发现这是个顶好看的男孩，五官精致，轮廓线条立体分明，犹如落难凡尘的谪仙。

他是怎么死的呢？我来回翻看也未见什么刺伤之类的伤口，倒是有很多瘀青，难道是被打死的？

我光是想象一下那样的场面，就觉得不寒而栗，越看他身上那些发紫的瘀青，我心中越是一阵绞痛。

最后，我还是决定先治好他身上的伤再安葬他，听闻凡间似乎也有这种让死人体面些的习俗。

于是，我就忍痛花了许多灵力将他的伤治好，而出乎我意料的是，他好像还受了挺重的内伤。我怀着送佛送到西的念头，就将这些内伤也一起治了。

不知是否是我的错觉，他的脸色有些红润起来。

我摇摇脑袋，这应该是我灵力消耗过多产生的幻觉吧？

没顾得上休息，我挽起袖子，弯腰双手抓住这个少年的一条腿，就开始往坑里拖。

男人果然很重。

就当我气喘吁吁地将他拖到大坑边缘之时，少年僵直许久的腿忽然抽搐了一下，我下意识地就是一声大叫，松开了他。

于是整个人就因惯性，摔进了坑里。

当我整个人呈大字形躺在坑里时，我仍没能从那条抽搐的腿带来的惊吓中恢复过来。算了，管他什么妖魔鬼怪的，我不想折腾了，吃了我算了。

“仙姑？”

大坑边缘探出一个脑袋,是那个把我吓得掉进坑里的少年。

“仙姑，您没事吧，谢谢您救了我。”说完，他还甜甜地笑了起来。

这孩子是什么毛病?

我不晓得是凡人天生愚钝，还是我碰上了个傻子，谁会对个倒在土坑里披头散发、浑身脏乱的女人叫仙姑?

好在这家伙虽然脑子不好使，但还是好心地拉了我一把。

出了大坑后，我第一反应就是施法将这坑填回去，以免我又不慎掉入其中。

等我处理完这些才想起来旁边还站着个凡人，回头瞧他反应，只见这人满眼蕴着崇拜的光芒就朝我跪了下来……

不至于吧，我就埋个坑啊。

因害怕折寿，我赶紧把这死脑筋的少年扶了起来。

他看上去丝毫不知自己的行为有何不妥，笑容灿烂地又是冲我一拜：“请仙姑收我为徒，您不答应，我就不起来了。”说完十分迅速地咣咣咣磕了三个响头，生怕会被我拦着。

望着这少年希冀的眼神，我默默地叹了口气，凡人真的是很烦人啊。

为了不让事情变得复杂，我只能顺着“仙姑”这个台阶而下，假装出高深莫测的模样，神色淡淡地道：“此处妖物横行，连修行者都不敢涉足，你一介凡夫俗子何来的胆子过来？”

少年亮晶晶的眸子一瞬间暗淡，仿佛落了灰的宝石，眼中的忧伤看得我都揪起心来。

他勉强挤出笑，不在“仙姑”面前失态：“仙姑明鉴，在下只是一心求道，盼望早日成仙罢了。”

成仙？这些凡人还真是如传闻一般的不知天高地厚，仙哪是那么好成的，还见个我这样的妖怪就喊仙姑。

我在心底默默翻了个白眼，想了想又没好气地道：“你是为何想要成仙呢？”

“为了追上一个人。”少年顿了顿，眼里重新焕发出光亮，“他是个神仙，救过我，我要报恩。”

这下我来了兴致，从前只听说妖啊仙啊，为了报恩于凡人，甘愿废去一身修为体会生老病死。而这为了报恩想要成仙的，简直是非同一般的励志。

我忍不住为他叫好，又奇怪道：“那你应该去那些修行者的门派拜师才是，来这十万大山深处做什么？”

他犹豫了一会儿，愁苦道：“那些门派除却招收天赋异禀的门徒，他人想要进入都要不小的一笔资源，或是珍贵灵矿，或是稀有药草。这些东西也只有十万大山中才寻得到了。”

然而虽说知道这样问不大礼貌，我还是抑制不住好奇：“那你是怎么，呃，弄得这么凄惨的？”

他醒来后，我再仔细打量，才发现这少年怕是被虐待长大的。身板瘦弱得我挥挥衣袖估计就能倒下，衣服也是破旧不堪的粗布衣，只有面容干净清秀，闪着希望的光。

他有些窘迫，但可能因认定我是仙姑，还是将事情和我解释了一遍。

原来他从小就是被酒鬼父亲与疯癫母亲打大的，身边仅有的关心照顾他的仙人哥哥在前些日子飞升回了仙界，他孤家寡人寻找灵药想加入门派。比起那些有人帮助的世家子弟，自然要吃亏得多。

他就是昨天采摘这处荒山上的一株灵草时，不慎在悬崖边踩空，摔落了下来。如果我没顺手治好他身上的伤，相必此时他已躺在土坑里长眠了。

这么捋了一遍前因后果后，我对眼前这个少年的戒心基本上是放下了。就他这副小白菜的样子，就算想抓我去门派也下不了手啊。

瞧着这个可怜兮兮的小孩，看上去最多十三四岁。不知怎的，我忽然冒出个荒唐的念头。

“我虽不能收你为徒，但能帮你调理身体，采些灵药，助你通过门派的考核。不过，你得听话，行不？”

少年如获大赦，拼命点头：“多谢仙姑大恩，仙姑，我来世定为您做牛做马。”

“别扯那些虚的，你先起来。”

他呆头呆脑地“哦”了一声，不过因为跪了有段时间，起来时他竟直接倒了下去，不省人事。

我开始怀疑自己，怎么能想出带这么个拖油瓶在十万大山中闯荡的馊主意呢？还是我主动提出的？

最后我还是于心不忍，没把这个傻小子留在大山里被妖怪们啃。我先是找了个偏僻的岩洞，将他安置好后，就打起了山里那些宝贝的主意。

这小子的身体实在是虚得很，需要些补身体的灵物，加上我也一天没填肚子了。于是一番综合考虑后，我把目标锁定在了老冤家——蜜蜂那儿。

一个多时辰后，少年终于醒了。

他醒来后，看到我的第一个反应就是大喊大叫。

怎么了，怎么了，没见过仙姑吃蜜蜂、螳螂、独角仙吗？

见我目光不善，他赶忙解释：“望仙姑见谅，是我不好。

我知道这些……这些虫子对增长灵力有帮助的。”

我翻了个白眼，将煮了有半晌的蜂蜜递给他。

清甜的香气从小锅内逸散，少年忍不住咽了咽口水，将探寻的目光投向我。

我不耐烦地挥挥手：“特地给你弄的，那群蜜蜂精产的蜂蜜最是滋补调养，为了帮你抢到这些灵蜜，我可是跟它们的黑熊精帮手打了许久，还好我技高一筹。”

哼哼，其实我是联合了黑熊精把蜂窝翻了个底朝天。

咦，怎么哭了？

我揉揉眼睛还以为自己看错了，少年小口小口地喝着这蕴含灵气的蜂蜜，眼泪却是止不住地往下流。

“你、你别哭啊，是蜂蜜太甜了，还是太烫了？我给你吹吹？”

他摇摇头，笑道：“没有，是太好吃了。”

说着，他又哽咽道：“自从司弘哥哥走后，再没人对我这样好了。”少年笑容干净纯粹，“谢谢您，仙姑。”

两百年前，我就这样遇见了摔落悬崖的羿仁，救起了他。后来我帮他采够了灵药，看着他进入离药宫。那时他还是瘦弱可怜的凡人少年，为了追逐他生命中唯一的光亮寻求成仙之道；那时我刚易容出谷，没承想满心的警惕就被个凡人化解。

如今我们终于飞升仙界，又同样地事与愿违，不知是否是老天的安排呢？

第六章 还乡

01

近日羿仁仍在与我冷战，其战况相较从前，可谓是越演越烈。

其实是因那天偷窥司弘和羿仁对峙之时，渊华忽然间灵力失控，连我们的身影都开始变得若隐若现。

为了让帝君大人不殒命于偷窥他人隐私，我当机立断地抱住了他，灵力什么的，哪有帝君重要。

“吸！帝君别怕！使劲吸！”我紧闭双眼，做好了被吸成干草的准备。

欸？怎么没点动静呢？

我紧张地睁开一只眼，双手紧抓渊华的手臂，生怕看见他耗光灵力的模样。

他的丹凤眼依旧蕴含满天星光，不知为何，我似乎瞥见了一闪而逝的某种情感，仙心因难以置信而怦怦直跳起来。

“咳咳……”

思绪被拉回现实，这浑厚的咳声，不就是司弘的吗？

我僵硬地转过头，司弘和羿仁正站在一旁看着我们，隐身术不知何时完全失效了。

我的肩膀被拍了拍。

“可以下来了吧？”

“当然，当然。”看着自己八爪鱼似的缠在渊华身上，厚脸皮如我也是有些窘迫。

不过，不是说灵力失控吗？怎么不吸我的灵力？

察觉到我探寻的目光，渊华轻声解释：“那酒后劲大。”

我听完便愣住了，酒？还好我的脑海中电光石火地闪过瑶池酒会后，渊华闻了我衣服上的酒味就醉醺醺的模样。

谁承想他居然还有后劲这么一说……

我们俩一来一回地用眼神沟通了一会儿，羿仁忽然说了声“我有事先告退了”，就匆匆离开了。

“羿仁是不是生气了？”我有些不安地问司弘。

司弘上神还是一如既往地爽朗：“无碍无碍，不过是些小误会罢了。他这人过于执拗，时间久了自然明白。倒是你们躲在沧澜域里拥抱……”

我慌乱摆手：“上神您别乱想，我们只是，只是……”

“只是有只蟑螂吓到了甘凝。”渊华板起严肃的脸色，装得好像确有其事似的。

司弘无语。

总之，我们最后离开前，还被司弘上神用异样的眼神盯了许久。

“我的帝君大人啊，您就不能想点好的理由吗？蟑螂，仙界要是有蟑螂谁还要辛苦修炼飞升。”

渊华看起来真的是在思考，他认真考虑后对我说：“别人我不清楚，你大抵是为了吃它们而飞升的。”

回去我要灌他十斤仙酿。

又是与羿仁冷战的一天，我身心俱疲地靠在大殿一处墙角歇息。

不过说是冷战，实则只有他自己在忽视我的存在。有不得不碰头的时候，就装作公事公办的样子，让人气得牙痒痒。

两百年前要不是我救了他，现在老君府说不定就是火苗当大弟子了呢。

但是，毕竟丹药那件事是我理亏，又不知该如何解释当年那个易容的仙姑就是我，唉，进退两难。

“甘凝，你该不会是跟羿仁告白失败了吧。”火苗满是忧虑地看着我，一副小孩子装大人的口吻。

我一把推开这个满脑子不健康思想的童子，教育道：“小孩子家的懂什么，大人就是会有时候突然疏远的，哪有人海枯石烂感情都不变的。”

火苗长“哦”了一声，又想起什么似的，询问道：“那你们要什么时候才肯和好啊？老君看着可着急了。”

老君？着急我们？

我的脑海不禁浮现出这个傲娇的老头偷窥我们冷战，急在心里又不好意思插手的样子。

“没事啦，时间是最好的药。”

拍了拍火苗茫然的小脸蛋，我心情忽然好了许多。

“只要羿仁能感受到我的真心，他定会谅解我的。”憧憬着未来我们姐弟俩和好的情景，以至于肩头被轻拍了一下都吓了我一跳。

“哪个兔崽……哦不，帝君大人。”我的凶神恶煞还没来得及释放出来，就害怕地缩了回去。

几日不见，帝君看起来更为冷峻威严了，狭长的丹凤眼盯得我发慌。

好在他没多计较，淡淡丢下一句“跟我走”，就上了他那泛着流焰的仙云。

作为一株草，怕火的天性使得我不敢靠近那朵云，尽管它看起来流光溢彩，耀眼夺目，适合我这种爱出风头的仙女。

“帝君大人,咱们要不还是乘坐我的棉花云吧？松软舒适，还有安眠的功效，虽说速度不快，但胜在稳健。”

我㞞㞞的态度不知哪儿得罪了火苗，这个熊孩子居然趁我不注意将我一把推上流焰云。

“啊！”

我立马蜷缩成一团，只希望被烧焦的地方能少些。

咦，不烫？

渊华帝君神色复杂地看着我，眼里甚至藏了一丝笑意。

我就知道！他是在众人面前装出的高冷样！

火苗则是奔放许多，丝毫不怕得罪我地哈哈大笑起来。

气鼓鼓地将火苗这副损样记在心里,我盘膝赖在流焰云上，犹如入定老僧，无喜无悲。

渊华在我警惕的眼神下也没做什么取笑我的事，而是直接神色庄严地驾起云，往上飞去。

流焰云的速度是我所见仙云中最快的，当然也不乏渊华灵力浑厚的缘故。我只感觉一阵恍惚，三十二重天熟悉的景象就映入了眼帘。

“又要吸收灵力啊？”我无精打采地问道。

“不。”

是出乎意料的回答。

“带你看个东西。”

我满腔疑惑，渊华却专注于驾云，不给我好奇的机会。

我只能看着我们越飞越高，越飞越高，直到在一层玄奥符文笼罩的结界前停了下来。

这是……

渊华万载玄冰般的神情中居然出现了一丝哀伤，他修长的手指轻抚着结界，似乎喃喃了一声：“好久不见。”

霎时间，光华大作，我只觉一阵如飞升仙界一般的头昏脑涨，眼前的景象便天翻地覆。

如同无尽深渊般阴暗的天幕笼罩着整片大地，混浊的死气在四处打转，周围没有任何生灵的气息，连宫殿楼宇都是残垣断壁。

“这就是三十三重天。”

我望向渊华，他说这话时，眼中晶莹的泪光久久不散。

传闻三十三重天是父神诞生之地，也是诸多上神创生与陨落之地。自那一次仙魔之战后，这里便被封印不让任何人进入。

可我没想到，仙界最高之天竟破落成这般光景。

渊华他，想必很难过吧。

念及此，仙心忽然泛着酸胀的痛楚，我来不及多想，手已经不由自主地牵住渊华，他的手掌比平日冰凉许多。

他看向我，我斟酌一番后道："帝君你别伤心，上神们定然是希望你能好好地守护仙界的。"

手上被稍大些的力道回握着，但一点都不痛。

"嗯，陪着我。"

他终于浅浅地笑了一下，笑容又很快消失，看来他心中的悲痛并非三言两语可消。

我也没再试图说些什么，而是亦步亦趋地跟着他。

我们每走过一座残破的宫殿，他都会停下，与我介绍一下这是哪位上神的居所，此人又在仙魔之战中做了什么。

他攥着我的手，昔日三十三重天的辉煌过往，在他口中轻描淡写地略过。但通过这小小的肌肤接触，我仍能感受到那时众多上神齐聚一堂，与魔界尊者们进行了激烈的生死之战。

曾守护着仙界的这些人物，如今只是沉寂于这黑暗天地的一捧尘埃罢了。

忽然，我脑海中闪过一个念头：如果渊华也如此……

仙心犹如被紧抓住似的绞痛，不，他不可以，他应该永远都是不灭且耀眼的星辰，谁都不能让他暗淡无光。

“难受？”

他温暖的手掌抚上我的额头，那一瞬，我以为自己的所有情感都要随之倾泻而出。

还好我强行忍住了，只是借口道：“并无大碍，只是为他们难过。”

额头上的手掌移了位，将我的脑袋盖住了大半，我像个小孩一样被渊华揉着。

我脸颊发烫，剧烈地转了几下脑袋，以示抗拒。

他闷闷地笑。

不知是否是我转晕了，在这暗无天日的世界之中，我竟瞥见了一缕熟悉的光亮，微弱而绚烂。

我迷迷糊糊地问渊华：“前面着火了吗？”

他道：“是的。”

我们以更快的速度靠近那缕光芒，在被封印的三十三重天之中，仙云是无法使用的，我们只能凭借体力一步步地往前走。好在毕竟成了仙，走上几十里路后，我们也无甚大碍，只是两人紧握的双手有些汗湿，但谁也不肯松开。

“到了。”渊华轻声道，语气中藏着说不清的怅然。

可我早被眼前之景吸引了注意力，没有多留意他的神色。

地面上有座丈许高的小台，台上一团绛紫色的火焰噼噼啪啪地燃烧着，虚空中似乎有无数道口子每时每刻都在吞噬着那火焰逸散出的灵力。

天地也随火焰而明暗不定。

我猛然抓住渊华，眼神哀求地看着他。

他嘴角微扬，轻轻拍着我的手。

俊朗的面容一瞬间变得寡淡,仿佛是被吸光了所有的色彩，化作张半透明的脸，又很快变回来。

重新恢复后的那张脸一如过往，但神色中似乎带了几分邪气，也很快被压制下去。

“甘凝……”他的声音干涩沙哑,在我耳边如魔低语，“那团火焰才是我，这个我不过是个化身罢了。”

“什么意思？”

火焰噼啪作响，那是渊华的本体。自打知道此物是真实的渊华后，我就总是不由自主地望向它，特别是它总让我想起在灵犀谷时遇到的那只火鸟。

“万年前爆发的仙魔大战，由于魔界谋划已久，加上众仙疏于防范，我们被魔界打得节节败退，最后是诸多上神牺牲自己与那些魔族同归于尽才换来了如今的和平。最后，仙界只剩我们数位上神，为了防止那些上神的死气污染了众仙的修行，我们联手封印了三十三重天。”

我忽然慌张：“那我不会被死气沾染吧。”

他抬起我们仍紧握着的手，轻笑道：“不会，我护着你。”

我红着脸不好回答，只好让他继续说下去，为何他的本体会在此。

渊华也未再多加调侃，接着补充道：“后来我们发现，将诸多上神死气积聚于此实非良策，它们只会越积越多，再这样下去，甚至会孕养出灵力远胜魔尊与我的幽魂。于是，我便来净化此处的死气。”

“别哭了，我没事的。”渊华笑着拭去我的泪，可无济于事，心中的难过与不安像开了闸的江水，怎么止也止不住。

“我还因此断了与蓉婵的命定姻缘呢。”这话听起来似乎另有所指，可我只要一想象他所承受的这些，就难受得无法呼吸。

他经历了万年的孤寂，不惜断去情缘，以化身行走于世，只为度化这些残存世间的同胞。

难怪帝君与凡间的渊华不同，我刚上仙界所见的帝君也与此时的帝君不同，他们都是眼前这团不熄之火化出的分身，各有不同也很正常，但怎么都是我藏于心尖的模样。

在渊华的轻声安慰下，我渐渐恢复了状态，凝神看向渊华的本体。

绚烂的绛紫色流光将这一小片天地映照得美轮美奂，犹如水晶般剔透瑰丽的火焰深处却是有道灵草的身影若隐若现。

“那是什么？”我直觉现在是有话就说的最好时机。

渊华温和的眼神暗了几分，缓缓开口：“这就是当初我中的魔尊的咒术，木生火，无木则灭。”

原来这就是万恶之源，如果蓉婵上神说得没错，那么，我只要……

我正想得出神，可能让渊华有些误会，他转过我的脑袋，对着我的眼睛沉声道：“世间万物皆有消亡的一日，哪怕父神也不例外。你不必过多介怀，你才修炼数百年，日后仍有大好时光可过。”

“嗯嗯。”

大抵是他这话说得太过突然，我心中还打着拯救他的小算盘，因此只是敷衍了一声。

渊华似乎有些难以置信：“你真懂了？”

“啊，对。”

“真不介怀？”这人怎么就不信我呢？

我正要不耐烦地再次重复，整个人就被突如其来的强大力道摁进了他的怀里。

早晨随意盘起的发髻被撞得散开，我聆听着他胸膛怦怦的心跳，感受到他抚摸我发梢的轻柔。

“你真是一株麻烦的草。”他咬着牙，小台上的火焰明灭不定。

虽眼前的天地混沌无声，我却清楚地听到心中轰轰烈烈的声响。

“嗯。”

那大抵就是喜欢了吧。

02

我找了借口，数日都避开了渊华。

随着我们传递灵力的次数变多了之后，渊华也不再有那么频繁地需要我拥抱的时候了，故而我也有时间安心去做自己一直想做的事情了——参加太乾道场百年一次的炼丹大赛！

好吧，其实我的目的并不在此。

我是打算炼制出一种能既能祛除心魔又能净化灵力的丹药，祛除心魔自然是为司弘上神，至于净化灵力，一部分原因是因为羿仁，另一部分……

当然还有一个原因是，炼丹大赛第一名还能获得太乾老君精心炼制的，具有万年灵力的丹药！

万年灵力啊，就算我不恢复灵力，被渊华抱着吸一个晚上估计都够。

据我所知，自古以来心魔便是仙人们的一大劫难，除了服用某些静心的药物，可对心魔有些微弱的压制外，没有任何外力能将其祛除。

哦，对了，昨日我才听大殿外扫地的侍女们嚼舌根，那个数次招惹我的萱庭在修炼之时走火入魔。据说还是因我的缘故，她一直在咒骂着我，最后还是蓉婵上神救了她，她才免于被心魔折腾致死。

真是，大快人心。

因此我要是能创造出这种丹药，什么荣华富贵、大赛第一，还不是手到擒来。

“欸！甘凝，你又在傻笑什么？我现在真的怀疑你暗中倾慕羿仁。”

火苗双手叉腰，鼓着腮帮子，眼里尽是疑色，简直和来抓偷腥丈夫的妻子没什么两样。

我翻了个白眼，就上手扯着他白嫩的小脸蛋，恶狠狠道：

“小屁孩，我是为了研制丹药而思考，什么羿仁的，又没帝君帅……”

糟糕，我怎么不打自招地提起渊华了。

脸上迅速上升的温度清晰地反映出我的心中所想，好在化作小童模样不知多少年的火苗，早就忘了大人间的情爱是怎么回事。

他只是嘟着小嘴，左右摇着脑袋，企图甩掉我的魔爪。

见无用后，他才主动求饶，眼珠子骨碌一转，还趁机转移话题：“那你想好丹药怎么研制了没，笑得那么开心。”

呃，我用力掐了下他的脸蛋，有些尴尬道：“没有。”

想要自创出连老君都未曾研制成功的丹药，难度比我想象中的大得多。

火苗揉揉自己的脸蛋，很是善解人意道：“毕竟你还是初入此道，有诸多知识尚未贯通，不像我资历深厚，有困难实属正常。”

我幽幽地叹口气，神色颓靡。

火苗似乎想要安慰我，挠着头想了一会儿后，突然补充道：“你不是来自灵犀谷吗？那里众多灵草汇聚，总归能给你些灵感的吧。”

对啊！我怎么没想到？

我兴奋地跳起来，抱住火苗的小脑袋就是一通揉。他有些气急败坏：“男女授受不亲，我是钧芜的！”

“哈哈，我知道，我知道。”

得到这个好主意后，我兴高采烈地去找老君请假返乡，老君估计是以为我与羿仁近日冷战而心里不适，想要寻个清静。

他老人家百转千回地不断叹气，还旁敲侧击地问我和羿仁究竟所为何事。而我拿到他亲手签署的下凡符令后，喜上眉梢，哪顾得上跟他解释那些弯弯绕绕。我大手一挥，说了声：“我给他误食了春阳草而已，老君没事我先走了。”

身后似乎传来老君的咳嗽声，不过上神咳嗽有何大碍，我也不在意，高高兴兴地去十八重天选择传送回凡间。

天上一日，地上一年。

我在仙界之时毫无感觉，直到回了凡间灵犀谷，见谷里多了不少叽叽喳喳的小娃娃，连水仙姐姐都是大着肚子的模样，才有所惊觉。

仙界六个多月，凡间是……快两百年了啊。

水仙姐姐出门晒太阳，相比从前，大了肚子的她不再故作清纯，看上去还颇有几分慈母的风范。

我是被传送阵直接扔到了灵犀谷的入口的,这么多年过去,入口的结界早就不认识我，死活不让我进去。

好不容易看到个熟人，我急得大叫起来：“水仙姐姐！我是锦罗草甘凝啊！来给我开门！”

谁知前一刻还温柔地抚摸肚皮的水仙姐姐见了我后一副惊惧万分的表情，还差点摔了一跤，踉踉跄跄地往谷内跑去，只剩一群小孩与我隔着结界，大眼瞪小眼，最后他们一哄而散。

怎么回事，才两百年过去水仙姐姐就不认识我了？而且一副见了鬼的表情，都不怕摔到肚子里的孩子。

不到片刻，我正纳闷呢，就感到地面轻微地震动起来，而且还越演越烈。

不会是要地震了吧？

“甘凝！”熟悉的声音打断了我的胡思乱想。

我细细一瞧，也大声回应道：“谷主！”

除了谷主之外，还有不少昔日谷中常见的熟人，槐树爷爷看上去还是那么硬朗，只是除了谷主之外，其他人见到我的反应明显冷淡许多，甚至带着些警惕。

这是怎么回事？

我隔着结界对谷主喊道：“谷主，快放我进去。”

谷主含泪用力点头，就要解开结界，可旁边的长老们眼神一凝，死死拽住谷主大喊：“谷主不可！甘凝早在两百年前就被抓去炼丹了啊，这肯定是那些修行者设下的圈套！”

于是，谷主真的不动了。

不对啊，我活得好好的，甚至飞升成了仙，怎么就被人抓去炼丹了，我自己就是炼丹高手啊。

为了自证清白，我只好不断吐露自己从前干的那些坏事。

“什么？我的那颗果实是被你偷的？”

“没错，就是你抢走我的灵石！”

“原来这些事都是你干的！”

怎么感觉我这清白是越说越没有了呢，好在还有个从小宠爱我的谷主力排众议，我总算是勉强回了家。

唉，怎么我回家还不受待见呢。

“你成了仙？”

众人声浪重重叠加起来，简直震耳欲聋。

我颇为体贴地扶起槐树爷爷快要惊掉的下巴，谦逊道：“只是恰巧助力仙界上君灭魔，拯救了黎民百姓，因此得了些福报罢了。”

我不敢说上君其实是帝君，那样的话炫耀的效果很容易变成吹牛。

然而即便我这么说了，信我的只有把我当亲女儿的谷主，其他人都是将信将疑的样子。

没办法，既然如此，只好让我秀一下成仙后的修为了，不然怎么服众？

“近日有何大妖骚扰谷里，都给我报上来，我去帮你们出气！”虽说我是老君府上一个炼丹的小仙，但仙魔的灵力与妖人不同，要高上那么一个层次，因此，收拾几个大妖我还不在话下。

我话音刚落，场面就陷入一片寂静，几个长老还互相说着悄悄话，眼里满是疑色。唯有谷主摩挲着下巴，认真地思考了一会儿后，道：“东边那头妖蛟如何？成天垂涎我们谷里的小家伙，你从前还差点被它咬了一半屁股。”

似乎是想到了当时的情景，谷主居然情不自禁地笑出了声。

果然是把我当亲女儿看待啊。

其他长老听了此言还有些犹豫，倒是水仙姐姐抢先站了出来，摸着肚子阴阳怪气道：“既然她说了自己成了仙，大家何必有顾虑，让这仙女替我们除了那妖蛟，岂不是两全其美？”

水仙姐姐上下打量着我，嘴上虽说让我去斩妖蛟，但眼中的不屑和怀疑谁都看得出。

想来是嫉妒？我不由自主地望向她的大肚子，回想起从前她风华绝代，将十万大山里的青年小妖迷得成天围在她身边，忍不住好奇地问：“水仙姐姐不知是何时有的喜事，那位英俊才子可是有福了。”

谁知话音刚落，水仙就黑了脸，狠狠剜了我一眼后就自顾自地走回住处，将木门用力一摔，丝毫不留情面。

我正想着怀孕之人脾气无常实属情理之中，可谷主悄悄跟我解释道：“水仙是种可以不用授粉就能养育下一代的花，不过是三年前的事，她做了个梦，梦见自己要生孩子，醒来后就怀了。平日那些围着她转的青年才俊，见她有了身孕后只觉她失了清白，再没人愿意与她相处。”

原来如此，我看着关得严严实实的木门，忽然有些同情她。

我下意识地摸摸肚子后，突然想到个严重的问题。

我哭丧着脸问谷主：“锦罗草不会也是这样的吧？”

谷主额头冒出三条黑线，嗔怪地拍拍我的脑袋：“锦罗草要是这样，那还要你爹干吗？”

“哦，这样啊。”

最终，我还是没真被叫去斩了那头妖蛟。

毕竟满打满算，我也才修炼了五百多年。就算是仙，也是个仙崽子，比起那头数千年修为的妖蛟，能自保已是不错。

快两百年没回家，不少童年玩伴都已生疏，想接近他们取些根茎叶片当作药材，更是痴人说梦。

唉，明明就我而言，只是在仙界待了数月，回来后大家不仅变了模样，还多了不少比我还要闹腾的小娃娃，物是人非哪。

加上那些虽与我熟悉，但关系不好的长老，我这回谷的目标可以说是十分遥远了。

没办法，我只好找到谷里唯一的亲人，谷主大人帮忙了。

于是，这天灵犀谷深处的参天榕树之内，传来了精怪们快两百余年未曾听过的哭号声，初次听到的小娃娃们被父母捂起耳朵带回房间里，房门关得密不透风。

“阿凝啊，不是我不帮你，你说的那些药材都是大家身上脱落下的，自然是不管修炼还是留存都不会给外人。”被我用八爪鱼姿势缠住的谷主为难道。

“那只是些‘身外之物’了啊，而且我是为了炼丹，大不了跟他们交换嘛。”我蹭着谷主大腿耍赖。

“这……”

谷主犹豫了，说明有戏！

我怎会放过如此良机，赶紧趁热打铁道：“您看我如今成了仙，又学了炼药的本事，想必谷里诸多事务都用得到我，您就安排我替他们做些不愿做的活，那样岂不是皆大欢喜？”

谷主终于点了点头，答应与谷内的精怪们商量。

我高兴得蹦起来往谷主脸上亲了一口：“谷主最好啦！”随即高高兴兴地离开。

而次日谷主微笑着站在我面前时，我只想撒泼。

一排排流着鼻涕眼泪的小娃娃站在他们爹娘身后不断哭闹着，还有的直接赖在地上打起滚来。一群上百岁的爹娘被娃娃弄得手忙脚乱，最后都直接丢下句：“甘凝，孩子拜托你了，只要照顾他们一个月，你要的药材应有尽有。”

得，还把我们之间的交易说出来，这下不少孩子都明白过来，他们爹娘是与我做了交易才将他们交给了我。

于是乎，除了奶声奶气地骂“坏人”之类的话以外，还有不少娃娃直接冲上来边哭边拽我的衣服、头发，恨不得将我大卸八块。

然而，我为了拿到药材又不能揍他们，只能好声好气地哄着，企图将挂在我身上的几个熊孩子扒拉下来，当然并无作用。

孩子就是孩子，他们的世界是极为单纯的，简单说就是认死理。我被他们认定为与其爹娘交易的坏人后，他们自然什么都听不进。

就这样一个时辰后，身上的痛楚，加上精神上的折磨，我终于崩溃了。

我大吼一声“安静”，顺手抓起身边几个小孩就是一通打。

当然只是架势吓人，并没用力的那种。

“谁再哭闹，就跟这几个一样，打个十八掌。”

一时间，全场寂静，所有娃娃都静止不动地看着我，生怕被打。

我仿佛被救上岸的溺水之人，重重地呼吸了一大口空气，安静真好。

我是在凡间见过，那些家里有六七个小孩的家庭是如何教养孩子的。

无非是打个巴掌给颗甜枣，恩威并施，与御下之道并无分别。

如今，我也是这样教这些精怪娃娃的。

不过短短数日，已初见成效，连他们爹娘都叹为观止，纷纷要来向我讨教如何带孩子，甚至有渐渐有流言说我在仙界是做奶妈的。

清晨的阳光总是柔和温暖的，我一不小心也就睡昏了头，没办法，难得回到自己的小窝，这几日总归会嗜睡些。

谷主为我这“孩子王”开辟了一处小空地，就离灵犀谷的入口不远，但离我的住处有些距离。

当我姗姗来迟之际，果不其然，这群不省心的娃娃早就乱作一团，你追我赶的，四处喧哗，这要让谷主察觉到，我的药材哪还有戏。

“咳咳，孩子们……”

刚引起孩子们注意的我，正要板起脸训斥他们，谁知眼前忽然飞来一样黑乎乎的物什，我还没来得及反应就被砸了个正着。

昏迷前，我还听到了这群小崽子慌乱的喊叫声，好歹没白带他们一场。

实际上没多久我就被晃醒了，迷迷糊糊之间只觉身上沉甸甸的，睁眼才发现是几个小娃娃趴在我身上哭。

难怪有种要断气的感觉！

“师父醒啦！”

“快把板栗抓过来。”

“师父她还活着吗？”

一群小娃娃叽叽喳喳的，吵得我头疼。我安抚了他们几句后，将身上几个缠着我不放的娃娃“拿”开，仿佛与魔主又打了回架，累得四肢乏力。

而出乎意料的是，板栗宝宝被其他娃娃你推我搡地挤到了我的跟前。

“怎么了，是太担心师父了吗？”

板栗宝宝大半张脸都用脑袋上的那个板栗壳挡住，看不清神情，我只好尽量温和地哄着他。

这些孩子可真能惹事，我想要拿开板栗壳让板栗好好看着我，但我发现我根本拿不动。老天爷！这个板栗壳是什么恐怖的重量，要是我没及时运起灵力，这只手估计都要断。

我心有余悸地看板栗宝宝的小手托着板栗壳，躲在底下抽噎着交代自己惹下的祸事，担心他一个拿不稳会把板栗壳摔落到地上，只好小心翼翼地哄着他。

他戴着这么沉的壳还能很自然地哭，着实令我佩服。

难怪能把我这个仙女给砸晕过去。

就这样闹哄哄了一个早上，我脑袋上还顶着个大包，实在毫无精力去管这些崽子了。

“孩子们，咱们今日提前放学，现在点个名：胡椒、三角梅、鸭梨、苍耳、板栗、绣球……欸，绣球花呢？”

所有娃娃你看着我，我看着你，最后都冲着我摇了摇头。

完了，才带几天娃娃就丢了一个。我深呼吸后询问大家最后一次见到绣球是什么时候。

七嘴八舌地讨论后，还是苍耳一锤定音——

“她先前为了躲板栗的壳好像跑去了谷口。”

我幽幽地看着板栗，他默默盖住了自己的脸。

03

为了保障谷内灵草们的安全,灵犀谷的护谷阵法是单向的，只能里面的人出去，外面的想要进来必须掌握阵法口诀和谷内之人的许可。而绣球花宝宝他们这个年纪修为浅薄，加上天真无知，是不会被告知入谷口诀的。

平日也没人会想到几个娃娃还能溜出谷去，我心中惶惶不安，这些孩子修炼都不过百年，那点法术吓吓凡人还行，在这大妖遍布的十万大山之中实在危险。

我只好先让孩子们待在原地不动，然后唤了一根谷主的气根护住他们，许诺自己定会带绣球回来后，就走出了灵犀谷。

谷外今日不知为何灵力有所暴动，想必是有什么大妖打了起来，我不禁更加担心了起来。

好在当初与渊华跟踪羿仁他们之时，我将那定位术偷偷学了下来，其实并不难。相比于羿仁和司弘，绣球只是个灵力少得可怜的小妖罢了，很容易就能定出个大概。我担心的是，她若被哪个大妖抓去吞了，那可真的是回天乏术了。

心中默念口诀，灵力运至指尖，我想象出绣球可爱的模样后，淡青色的灵光破体而出，向东边飞射而去。

东边，那不是妖蛟的所在之处吗？

前些日子，我还差点被派去砍那头修炼木灵力的妖蛟，没承想躲得过初一躲不过十五，看来命中注定我要与它一战。

绣球啊，你一定要撑到师父来救你！

我飞快地往妖蛟老巢飞去，脚下的棉花云发出破空的迅疾之声，惊飞许多停歇在树上的鸦雀。

原本我只是抱着试一试的心态唤出了棉花云，没想到在仙界速度第一慢的棉花云，到了凡间竟然跟凤凰附体似的，爆发出惊人的速度。

果然仙界的东西就是不一样啊。

越来越靠近妖蛟所在的那棵天灵树之时，周围灵气的暴动越发厉害，为了看清发生何事，我稳定棉花云后，将灵力运至双眼。

隐隐约约地看到两个修为强大的身影在争斗，招招凶险狠辣，看得我心惊肉跳。

咦，那个庞大的身影是妖蛟铁定没错，那另一个人形模样的又是何方神圣？

我也没多想，除了妖蛟这种瞧不起凡人的少数妖，不少大妖为了行事方便一般都不以原形在外走动。靠近他们后，我立马躲到一棵大树之后，观察起战局。

他们打得可真凶啊,四周的树木土石几乎被掀了个底朝天，大片大片的血液将土地染得鲜红。

妖蛟庞大的身体上已布满伤痕，不少在伤口旁的鳞片甚至脱落了许多，连独角都出现了裂痕，看上去十分凄惨。

而另一边的人御剑凌空，白衣蹁跹随风舞动，面前两根悬浮着的冰凌上似乎还有血迹，应该是那头妖蛟的血。

就当我不知何去何从之时，那人开了口：“孽畜，你非我之敌，倘若仍不交出那娃娃，你那数千年的内丹可就便宜我了。”

“哼！”妖蛟猛地从鼻腔喷出一口气，吹得周围的树东倒西歪，“区区一介修行者，连金丹都未结成，也敢如此嚣张。要不是仗着那柄法宝，你哪能伤我，更何况以你的修为，催动法宝所需的灵力想必不剩多少了吧。”

妖蛟有些得意地笑起来。

那人面色凝重，一言不合就催动起脚下的大剑，飞射出千百道剑光又与妖蛟争斗了起来。

一时间，凶悍的蛟吼、迷离的剑光又搅破了森林中的平静。

我偷偷瞧上一眼那人的容貌，丰神俊朗，不食人间烟火般的清高孤傲，有那么一两分渊华的感觉，但毕竟人家是真正的不食人间烟火，这个修行者还是差些。

不去想这些乱七八糟的事，我趁此良机偷偷驾着云，往妖蛟的老巢之中飞去。

其间我有惊无险地躲过了妖蛟四处乱甩的大尾巴、修行者飞掠而过的冰凌和剑光无数，才终于落在了那棵天灵树上，并极其好运地在树洞之中，找到了睡得昏沉的绣球花宝宝。

她看上去一点都不像被拐走的，圆嘟嘟的小脸红润有光泽，嘴里嘟嘟囔囔不知说些什么梦话。

这小家伙倒是轻松，我气得掐了掐她的脸，没醒。算了，活着就好。

谁知就在我小心翼翼地带绣球逃出天灵树不过一里之时，天上掉了个白衣染血的男人落在我的棉花云上，云都被砸得往下沉了沉。

是那个修行者。

他看上去比先前狼狈许多，一柄暗淡无光的长剑被紧紧握在手中，他嘴角还残留着血渍，看了我和手里的绣球后，眼里似乎闪过惊讶和明悟，还没来得及说句话就昏厥了过去。

喂喂喂，大哥！你起码再撑一会儿啊！

强烈的气流吹得我睁不开眼，等我定睛一看，果然是那妖蛟，铜铃般大小的双眼戏谑地看着我。

“锦罗草家的小家伙，我从前是不是见过你？”

我哪管他瞎扯些有的没的，拼命地往棉花云里注入灵力就飞逃而去。那妖蛟没料到棉花云的速度竟然如此之快，他愣了一会儿，直到我飞了有段距离后才回过神怒吼着追赶上来。

身后有如雷轰电鸣般的巨大声响不断靠近，我虽不是初次经历此种场面，但身边带着两条命还是颇为慌张的。

棉花云显然有些超载，原本结实的云朵竟有些地方渐渐雾化，仿佛快要散架了一样。

我简直要哭了，妖蛟狰狞的血盆大口好像下一刻就要将我们吞噬。

千钧一发之际，我忽然想起下凡之前火苗送了我一个装满他三昧真火的葫芦，说是给我防身用，我因回来一直待在谷里，就没想到过要动用这种火属性的灵物。

现在是时候了。

妖蛟见我停下，掏出个葫芦对着他，以为我在负隅顽抗，嘿嘿一笑道：“早待着不动多好，浪费那么多灵力，都不好吃了。”

我神色轻蔑，打开葫芦塞就是一声大喝：“受死吧！”

熊熊烈火汹涌喷射而出，我似乎听到一声惊怒的痛吼，但妖蛟具体怎样了，我也不清楚。

只因那三昧真火的后劲着实惊人，我们三人连同棉花云都被狠狠的一股大力冲至天际，不知过了多久才重重地砸在灵犀谷的护罩之上。

我反应及时，念了遍口诀后，阵法露出个小缺口，于是我们几个顺势掉进洞里，摔落在草地上，溅起一阵尘土。

“啊啊啊！师父带绣球回来啦！”

“师父还带了个男人！”

“那男的好帅！”

我被这群娃娃叽叽喳喳的声音吵得想昏迷都不行了，低头看了眼怀中一点醒来迹象都无的绣球，真想好好收拾她一顿啊。

但，谁叫她如此可爱呢。

“你个不省心的，让你看个孩子怎的带了个男人回来！”谷主的气根将我缠了个严实，明明是责怪的语气，但我听着怎么有几分欣喜。

我哀叹着就要解释清白，可仔细将那修行者的面容在脑海里分辨后，久远的记忆浮出脑海。

啊，原来是那个被我救过一次的愣头青。

两百年前，准确地说是凡间的四百年前，我简直是个救苦救难的活菩萨。

之前说过我曾救了差点没命的羿仁，又给他调理了身体，送他入了仙门。因担心我的原身被修为高深的修行者看出，我只敢送羿仁到半山腰就借口不适，逃一般地跑下了山。

我只觉脚底生风，加上拯救了一个迷途少年的成就感令我有些飘飘然，不知怎么就踩到了一团硬物。

整个人顺着惯性摔飞了出去，摔出了一个极其丢人的狗吃屎姿势。

“是谁！胆敢暗算姑奶奶！”

一通乱喊后发现无人，我只好返回去仔细瞧瞧是何物将我绊倒。

老天爷啊，怎么又是个男人？

这要让水仙姐姐知道，还不得四处谣传我成天魅惑男人。

不行不行，我已救过一个羿仁，这么个长几岁的成年男子，就不要算在我身上了吧。

经历一番思想斗争后，我决定拔腿就跑。兄弟别怪我无情，人妖殊途，谷主曾与我说过农夫与蛇的故事，更何况你还是这修行门派的弟子。

谁知这厮竟敏锐地伸出手抓住了我的脚踝。

“啊！别过来！别过来！”我挥舞着双手大叫，全然无之前自称姑奶奶的架势，身体连动都不敢动。

“姑娘莫怕，救救我……”

说完这话，男子残存的气力似乎一下子用尽了，只是手还抓着我的脚踝。

我简直欲哭无泪，行行行，我救你还不行嘛。

此刻我只觉我根本不是出来历练的，而是普度众生。

有过一次救助经验后的我，对付起这人可谓是驾轻就熟。但因羿仁那时毕竟是个小孩，天真单纯，善良听话，而眼前这个衣衫褴褛、胡楂布了半张脸的男人，我是真不想为他寻什么灵力蜂蜜。

我喂了他一些泉水，治了下他身上的伤。

不过奇怪的是，他身上的伤多数是被殴打的瘀青，怎么修行者的门派里也会有人受这种伤？

我不禁有些担心起羿仁来。

山中无日月，当夜幕降临时，蛙鸣声虫叫声响成一片。

正打着瞌睡的我被一双粗糙的手一拍，差点下意识地就是一拳打过去。

等看清是那颓靡的修行者后，我才讪讪地收回手：“抱歉抱歉，女孩子出门习惯了，哈哈。”

他点点头表示理解，随即就直接跪拜下来，朝我哽咽道：“姑娘大恩大德，吕某没齿难忘！他日若在下成就金丹，必定迎娶姑娘进门！”

我一口灵气差点就卡在胸口，怎么我救的人脑子都不正常？

羿仁把我当仙姑也就算了，毕竟合情合理，这人居然想占我便宜。亏他还是修行者，太不知廉耻了！

许是见我隐忍着怒气，那人苦涩一笑：“想当年我世家大族没没落之时，多少女孩都挤破脑袋想进我们吕家的门，如今我低声下气都没人要了。”说完还仰头望月，似乎是想止住欲夺眶而出的眼泪。

然而，他的眼神时不时地瞥向我，意味不明。

我猜那些想嫁进吕家的姑娘定是脑袋被挤破了，才有如此荒谬的想法。

这个唤作吕岩的青年说来也算个命苦之人，原先他的家族乃是方圆千里内数一数二的修行世家。只因庇佑家族的祖师游历时被大妖吞了，家族自然是一落千丈，树倒猢狲散，那些昔日攀附的势力全都趁机落井下石。

而吕家的大少爷吕岩也失去了他的一切，包括门派里那个貌美如花的师妹。

自此，吕岩常被人呼来喝去地羞辱，但为了补贴家用，他也都撑了下来。

直到昨日他辛苦得来的灵石被一伙人抢走后，他才有了自暴自弃的想法，直接从山上的一处陡坡跳下。

没承想绊倒了我，让我救了他一命。

“可我也帮不了你啊。”对吕岩频频投射过来的目光感到头疼，我只想甩了这人直接走。

“你是锦罗草化形吧？”他忽然话锋一转，得意扬扬地问。

我一把揪住他的衣领，将其举起，恶狠狠道：“你是如何得知的？”

他一开始有些慌乱，但很快平静下来，强装镇定道：“我们吕家的嫡系子孙都有破妄眼的天赋，能看穿许多幻术迷阵。怎么样？只要你肯帮我渡过这个难关，我就保守秘密，不然就算你杀了我，我也会放出传音符给门派长辈，到时候你可就插翅难逃了。”

好吧，谷主讲的农夫与蛇的故事委实有理，我应将其铭记于心。但此时说什么也晚了，我只好妥协，提醒自己下次长记性。

“说吧，你要什么？”

“灵蜜，我知道锦罗草善于捕虫，你只要给我一些能增强灵力的百年灵蜜便可。”

于是我又找上了前些日子为了羿仁而捣腾的蜜蜂窝，被它们一顿痛打后，狼狈地将好不容易得来的灵蜜给吕岩。

好在这人说话算话，拿了灵蜜后没再为难我，除了又重复一遍金丹成就后娶我，别的我也没怎么在意。

谁能料到这个威胁我拿灵蜜的破落青年，如今不仅快要成就金丹，还变得丰神俊朗，连法宝这么珍贵的东西都有，不过还是落到了我的手上。

听完我解释的来龙去脉后，谷主的气根的语气明显冷厉许多：“有个破妄眼就敢胁迫你，阿凝，你说我们是把他扔出去，还是把他打一顿再扔出去？”

“不不不，谷主，这都多少年前的事了。他也是为了生存下去，再说他也算绣球的半个救命恩人，我们将他扔出去总归不好。”

唉，其实要不是看在绣球的面子，我早就把这浑蛋给扔了。

谷主显然是不信我怎么变得如此宽厚，不过也没追究，让我好好疗养，将娃娃们看好后就把附在气根上的神念收走了。

我松了口气，今日我先是被板栗壳砸了脑袋，又是被妖蛟追得灵力大耗，还从高空摔落。这身子着实需好好休养一番。

只是娃娃们还好说，这个吕岩该如何是好？

这个昏迷的男人看上去高大强健，比起羿仁那时候的瘦猴子模样，我明显是拖不动的。

更何况，从前我不大在意男女之别也就罢了，而如今，我心尖上的那位帝君绝代风华，再好的人也不及他万一。除了他，我并不想与其他异性有亲密的接触。

“师父，你是不是想亲他呀？”苍耳这个坏小子，聚集了一帮爱八卦的娃娃笑嘻嘻地看着我。

我立马往后大跨一步，离得吕岩远了些就不会被起哄了吧。

“师父害羞啦！害羞啦！”

这群小孩怎么更兴奋了呢？

揉揉太阳穴，我义正词严地解释道：“这个叔叔是绣球的救命恩人，我才想对他好些的，不然早就扔了他。”

“叔叔好帅啊，为什么要扔他？”

苍耳！你的话怎么这么多！

瞧着我一副要打人的样子，苍耳宝宝才调皮地吐了吐舌头，乖乖地沉默下来，但看着他骨碌碌乱转的小眼珠，我察觉到阴谋的味道。

但此时我已无暇顾及娃娃的吵吵闹闹了，只因吕岩他醒了。

“嘿嘿，我就知道你还在意我。”他一只手撑着脑袋，笑着看我，十分有病。

谷主在吗？我现在将他扔出去还来得及吗？

然而，我毕竟是一名仙女，这种粗暴的手段实在不适合我。我只好端起假笑，客气疏离地告诉他：“道友莫要误会，我仅仅是因道友救了绣球，才对道友礼遇有加……”瞧着吕岩满身尘土，我自觉“礼遇有加”四个字说出来有些惭愧，脸颊不由自主地发烫。

但吕岩不知是怎么回事，脑子油盐不进，他噌地站起来，斗志昂扬地靠近我：“我知道姑娘家都不好意思将儿女私情说出口，那时我以为绣球是你调皮易容后的模样，才为此斗那头妖蛟。如此你可看出我的心意了？我是为了娶你而来的。”

震惊！我怎的为自己捡了个祸害回来。

我默默退后一步，深吸一口气后，揣摩起措辞，用什么话骂他比较立竿见影呢？

不过，还未等我想出主意，天际就闪过一道灼热的亮光，我眯起眼瞧，好像有点眼熟啊。

浑身被三昧真火萦绕的一团物什直冲而下，将凝神等我回答的吕岩砸了个正着，他惨叫一声后就昏了过去，连头发都被烧了大半。

“哼，让你敢勾引我们老君府的女人！”

火苗双手叉腰，还不大解气地上前踩了吕岩两脚。

我赶忙上前拦住他，虽说吕岩这人脑子不好使，但他救了绣球却是实打实的，我再怎么讨厌他，总不能连点颜面都不留，哪怕他现在看起来也没啥颜面了。

火苗自然不明白我的一片苦心，气呼呼地甩开我的手后，难以置信地看着我：“甘凝，你竟为了这个凡人阻拦我。”

言之凿凿，仿佛我严重地背叛了他一般。

旁边苍耳宝宝看不得我被质问，上来就推了火苗一把，流里流气道：“哪条道上混的，还敢在灵犀谷撒野！”

苍耳不知跟谁学的，甜糯糯的声音非要说这种话。

谁知火苗满脸惊恐，死死拽着我的袖子问：“这群娃娃不会都是你跟这男人生的吧！甘凝，帝君待你不薄，你怎能做出这种事！”

我给了他脑门一个栗暴。

才几日不见，这小屁孩连姑奶奶都敢编排了。

第七章 仙草与修行者

01

那日过后,我每天要带的娃娃里就多了一大一小两个奇葩。

火苗这个人小鬼大的，成天提防着吕岩靠近我，只要吕岩与我之间的距离小于十寸，他就直接吐出三昧真火烧吕岩的屁股。

气得吕岩每次都差点要拔出他的宝剑，和火苗来个“男人之间”的决斗。

为了让这两人消停，我几乎每天都过得鸡飞狗跳。倒是那些精怪娃娃看热闹不嫌事大，常常会趁机捣乱，因火苗与苍耳成了好友，故而吕岩如今要从应付一个火苗童子变成对付几十个成精的小娃娃。

我还特地委婉地问他：“道友伤势既已痊愈，何苦在此受罪呢？”

他捂着刚被板栗宝宝砸出的大包，坚定地回道：“不！我来之前就下定决心，不娶到你绝不回去。”

我真的要被这头倔驴气死，但还是觉得以理服人重要。欸，对了，我欣喜道：“道友从前不是说要修成金丹后才能娶我，如今你还是虚丹的境界，凝虚化实还有不少的距离，要不你先回去等结了金丹再来？”

其实我心里想的是，等他结成金丹后再来，我早就回到仙界，他再修炼个数百年才能找到我，哈哈。

“不行！我等不及了，若是娶不到你，我必然思念成疾，心魔入体，无法金丹大成。”

“什么？你还在妄想娶到甘凝！”火苗立马跳到他背上，揪起被三昧真火烧得剩余的头发。

瞧着他们闹哄哄的模样，我没来由地脊背发寒，难道是近日倒春寒的缘故？

很快火苗就攥了一撮头发到我这儿来邀功：“你看，我又帮你抵御了这个凡人的诱惑，这下帝君定不会迁怒于我了。”

我看着吕岩身上其他热热闹闹地拔头发玩的娃娃，觉得他能坚持到现在也是痴心一片，头发都快光了还不肯走。

“唉，你下次就别拔头发了吧。”

“怎么，你心疼他？”

“不是……算了，你说帝君迁怒是什么意思？”我被他的逻辑弄得头疼，只好转移话题看看。

谁知歪打正着，火苗颇为傲气地掏出块古旧的铜镜，用袖子在上面擦了擦，再输入少许灵力，那如雨后云雾般朦胧的镜面一下变得清晰明亮，心心念念的面容浮现于镜中。

渊华看上去一如往日般孤高清冷，他都未曾抬眼，手中捧着卷古书，漫不经心道：“她今日还与那修行者有接触吗？”

不远处，头发快被拔光的吕岩忽然宣誓决心似的大喊道：“甘凝，不娶到你我绝对不会走的。”

渊华慵懒的神情一下变得冷厉，他抬起头，看见我局促不安地在镜面那头时一愣，但仍重重地闷哼一声，眼神仿佛要将我大卸八块。

“渊华,事情不是你想的那样。”我急得对着镜子连连摆手。

他却抿起嘴，不大自然地撇过头去，语气严厉：“告诉那人，能娶你的，只有仙界帝君。”

心头寸寸花开，清甜醉人，我忍不住笑出声。

好，我要将这话说上千遍万遍，至死不忘。

吕岩真的走了。

当然不是因为渊华的那番话，我也不至于脸皮厚到那种地步，而是他秃了。

谁能料到离药宫的少掌门吕岩，仅仅是在灵犀谷待了七八日，就从一个风度翩翩的青年才俊变成一个秃到反光的大秃瓢呢。

说来那日出门碰到守在门口的他时，我着实被吓了一大跳。难不成如今凡间的卤蛋也能成精了吗？我第一反应是这样的。

“卤蛋”，哦不，吕岩伤感地抚摸了一会儿自己的头皮，随即深情地望着我：“甘凝，等我。金丹结成之后，我定会来娶你回去的。”

他居然是来辞别的！哈哈哈！

我差点抑制不住心中的狂喜，最后狠掐自己的大腿才勉强做出一副惋惜的神情，委婉地劝诫道：“人妖殊途，我相信有大把的好姑娘等着你去迎娶，不必在我这一株小草上浪费心力。”

谁知这个“卤蛋”不识好人心，他居然还觉得我是在考验他，哭天喊地地表了一番忠心后，被同样出门的火苗撞了个正着。

“好啊，我看你是连眉毛、睫毛都不想要了，是吗？”

火苗嘴里的三昧真火蠢蠢欲动，仿佛下一刻就要喷涌而出。

果然将吕岩吓得屁滚尿流，驾起飞剑迅速就出了灵犀谷。

“哼，还是要本大爷出马。以后要多多孝敬我，特别是跟钧芜见面要带上我。”火苗孩子气惯了以后，我都快忘了他曾是个俊朗青年的事，我以为他也忘了，就把钧芜当个姐姐而已。

没想到他还是个痴情种。

忽然想到日后防身还需一个撒手锏，我把火苗在仙界之时送我的那个葫芦拿了出来。

之前此物救了我们三条命，据谷主说那汹涌的三昧真火，将妖蛟脑袋上的独角都烧得没了，修为大退，如今都不敢来骚扰我们灵犀谷的精怪了。

这么有用的东西自然是要多备着些。

只是火苗看着深不见底的葫芦犯了难。

“怎么了？”我小心翼翼地观察他的神色。

火苗叹了口气：“你才来老君府不久，不知我这些三昧真火修炼出来十分不易也在情理之中。这么一葫芦的真火我可是存了十年，平日的真火乃我自身修炼所用，量自然不多。”

我十分遗憾，垂头丧气地就要收起葫芦。本来还想有了这个撒手锏，我不就能将那些大妖的宝贝全给抢过来，还怕炼制丹药的材料不够？

但既然是人家辛苦修炼得来的东西，加上火苗还盼望着自己早日恢复原身呢，我踏踏实实带孩子也没什么。

或许是见我兴致低落，火苗想到什么似的问道：“帝君身为万火之宗，你找他要点火不是更厉害吗？”

对啊，我都忘了渊华本体是团火了，不过这样不会影响他的修炼吧！我直接问了火苗。

他轻蔑一笑：“从大海中舀一瓢水，大海会怎样？”

好吧，我们修炼界就是灵力多点压死人。

将孩子们交给火苗照顾后，我拿着那面铜镜偷偷摸摸地躲到离孩子们不算太远的角落。毕竟火苗也跟孩子没啥分别，要是又跑了哪个娃娃，我可不想再捡回个什么从前当菩萨留下的恶果。

将模糊的镜面擦拭一下后，随着灵力的注入，微微发亮的镜面显现出那个我心尖上的人。

渊华今日在镜中的模样看起来松快许多，不再是那么冷冰冰的样子，不知是那天那句话的后劲，还是又换了个分身？

不知不觉间，我看着他就发起了呆，这么好的人，前几日说会娶我。

见我久久无语，渊华无奈地敲敲镜子，神奇的是，其中的震动竟随之传到了我的手上，我红着脸回过神，心跳却因他的敲击加快许多。

“你还要在凡间待多久？”渊华好像有些不满。

我沉思一会儿，道：“不少药材有些谷主已经提前给我了，再过十来天，就不用带孩子了。”

“你不喜欢带孩子？”

以为渊华会问些别的，我一时没转过弯来，愣了一下后回道：“也不是不喜欢，太多就觉得累了。”

不知他心里想了些什么，脸上竟多了些许笑意，随即又正色道：“今日主动唤我所为何事？”

我将准备拿葫芦作为保命手段的事说了下，本以为他会爽快地给我一葫芦，谁知他修长的手指敲打着镜面沉默不语。

怎么回事啊，火苗不是说什么从大海里舀一瓢水吗？怎么“大海”好像不肯？

指尖敲击镜面的震动感似乎传至我的仙心，它也随着渊华的敲击有节奏地跳动，我实在慌乱，小心翼翼地问他：“如果对你修行有碍的话，那我就寻些别的法宝之类的也没关系。”

或者将我的仙云换一换。

渊华轻笑一声，又严肃道：“我的不熄之火可是用一点就少一点的，不过若是给你一些也无大碍，只要你……”

“要我干什么都可以！”

戏谑的眼神看得我心跳剧烈，但他语气仍是淡淡的：“真的可以？”

“嗯！”我小声回道。

“那就回来给我抱抱吧。”

他低沉的声音和指尖叩击镜面的震动，将我柔软的仙心撞得难以自持，好似初成精之时，第一次清晰地感受到阳光的和煦温暖。我紧紧地握住镜子，不知该说些什么。

对面的渊华察觉到什么似的，突然开口：“甘凝……”

我被吓了一跳，差点将镜子摔了。

他状似无意地抚摸着自己的手指：“你烫到我了。”

我颇为羞窘，将紧握着镜框的手松开一些，又不大放心地在衣袖上擦了擦，果然出了不少汗。

“你烫到我啦！嘻嘻嘻！”

异口同声的稚嫩嗓音在耳边响起，我大叫了一声从草地上蹦起，回头看见娃娃们和火苗都笑眯眯地看着我。

“师父，你把那个哥哥烫到啦。”

“啊！你们不许再说了！”

没多久，我与神秘男子在镜中对话的消息就传到了谷主的耳朵里，又过了不久，全谷的草木精怪都知道了。

有人说我是恋上一位凡人书生，被修行者棒打鸳鸯；还有人觉得我是与吕岩借着法器，以解相思之情，盼他早日娶我进门；甚至还有人觉得我是精神失常，爱上了镜中的自己。

这些都是谷主遍布谷内的气根所听得的消息。

最初知晓这些的时候，我简直气得要冲上门跟他们一对一干架，渊华那一葫芦的不熄之火可不是好惹的。

但我转念一想，为了得到那些药材，我既已忍辱负重地带了这群娃娃大半个月，又怎能因这点流言蜚语而半途而废呢。

“所以，那人真不是吕岩？”谷主看上去很是失落。

我忍着怒气，又经过一番思量后，决定将真相告诉她。

“是仙界的渊华帝君。”

可是想象中的惊讶、自豪都没出现在谷主的脸上，她反而伸手摸摸我的额头，忧虑地叹口气：“怎么成了仙还会说胡话，不知有没有办法治？”

得，这就是个说实话都没人相信的年头。

但谷主最后还是表示不管我倾慕怎样的男子，她都会永远保护我，支持我。我感动地抱住她：“那这些娃娃不用带了吧？”

“做梦。”果然不是亲娘。

自从被这群淘气的娃娃撞破我与渊华之间的谈话后，我就很少与渊华联系了。

这倒让娃娃们消停了不少，我也能够安心管这群娃娃了，只是火苗有点难收拾。

在他带着以苍耳为首的几个男娃捅了好几个马蜂窝后，我终于忍无可忍了，马蜂又不好吃，还招人骂。

我做好了准备，今日放学后独独留下火苗一个。

他仍然跟我嬉皮笑脸的，全然一副死不悔改的模样。行，我倒要看看你能硬气到什么时候。

我温柔地弯腰笑道：“火苗啊，你来凡间也有些时日了，你又没跟老君请假，是不是早些回去才好？”

这小子听到我这话一点都不慌张，反而颇为傲气道：“我可是帝君派下来监督你的。”

“监督我？”我老老实实一株吃虫子的草，有啥好监督的？

“防止你在凡间拈花惹草啊，帝君说了你从前见到个男子就要捡回家养着，果然，那个吕岩就是你从前捡的吧？要不是帝君有先见之明，派我下来，你现在早就被娶走了。”

火苗言之凿凿，我被这古怪的逻辑气得不知怎么回应，只好转移话题。

“那你能不带苍耳他们到处捣蛋了，行不？”

“不行。”回答得异常坚定。

我举起装满不熄之火的葫芦，再次问道：“行不行？”

这次火苗还未回答，忽然大地剧烈地晃动起来，我差点一个没拿稳，不熄之火就要喷出来了。

“怎么回事？”

许许多多人都在问这句话。

我和火苗飞至空中，谷主和长老们也到了此处。平日里坚实的护罩此刻不断波动起来，仿佛下一刻就要破碎。

隔着几乎透明的护罩，我看到众多脚踏飞剑的修行之人在谷外不断攻击着护罩。

其中熟悉的一人，正是前不久才离开的吕岩。

02

吕岩的头发想必是他回门派后用秘术催生而出的，他御剑而立，神色孤傲，身边还有个娇小玲珑的少女依偎着他，好一个意气风发的少年郎。

谷主抢先掐诀稳住护罩，并操控阵法攻击，大批的修行者明显还是新手。被攻击一拨后，便有许多灵力不支只能降落的修行者。而吕岩与数十个门派的精英弟子，还有些须发皆白的长老都轻松地应付住了。

“各位道友，我们灵犀谷向来与修行门派井水不犯河水。

今日你离药宫大举进犯，是要挑起修行者与妖修的战争不成？”谷主凭空而立，雄浑的灵力将声音传播至谷外都十分清晰。

“呵呵，道友莫要急躁。”离药宫的人群里飞出一个看上去慈眉善目的老者，他手中拂尘轻轻一甩，便抵御住不少阵法的攻击。

是金丹大成的修行者。

“贫道今日冒昧来访，只是向谷主您求一味草药罢了。唉，贫道年事已高，修行越发不易，要不是我心爱的徒儿告诉了我贵谷竟出了一株仙草，贫道只能与仙路无缘了。既然上天让贫道有了成仙的机会，自然是要搏一搏的。”说完，老者笑着眯起眼，扫视一圈后，将目光定在我身上，“想必就是这位姑娘吧，果然仙气纯粹，虽然修为差了点，但炼丹应该是够用了。”

“你！”我气得浑身发抖。

谷主飞过来挡在我身前，一字一句，言辞冷厉道：“想成仙就自己好好修炼，打这些歪门邪道你也想成仙？今日你们不仅别想带走她，还得留在此地！”

谷主不怒自威，原身那棵苍天的榕树也缓缓移动起来，做好了大战的准备。

其实离药宫来的数百人里都是经历过杀伐的修行者，我们谷内的精怪日子一向过得安稳，不擅打斗，真要打起来，我们赢面实在不大。

可竟连一贯埋怨我淘气捣蛋的长老们都愿意听从谷主的话与这些修行者对峙时，我就一点都不怕了。我不能再像从前一样，惹了祸事就让谷主收拾烂摊子，我都成了仙女了，是时候要为灵犀谷出一份力。

“甘凝，你干什么！快回来！”火苗大叫起来。

我泰然自若地驾驭着棉花云飞向护罩的边界，朝谷主和火苗他们摆摆手，示意自己没事。

那长老哈哈大笑起来：“小丫头倒是有大义，放心，贫道自会好好炼制你，不会让你有痛楚的。”

“哼！”我装出不屑一顾的样子，“老家伙少得意忘形，我是来与你单挑的。”

“单挑？”这回无论是护罩内外，所有人都难以置信。

“怎么？我身为一株仙草,单挑你一介凡人已经是屈尊了。你既然金丹大成，离仙道仅一步之遥，我们也算半斤八两，输了我就任你处置，赢了你带弟子退去。若你执意要开战，我就自废修为。”

不理会谷主他们制止的喊声，我云淡风轻地等待长老的回答，哪怕后背被冷汗浸湿也不敢有丝毫异样。

好在对面门派的弟子们没能劝动老者，他最后如我所愿地答应了。

远处吕岩看着我神色莫测，我没理会他。等着吧，烧完这老头，下一个我就烧你。

为表公平，我们将决斗的场地定于东边的天灵树，也就是妖蛟的所居之所。双方只能派十名亲友观战，决斗生死勿论，这些规矩经我们好好商讨决定下后，列入了心魔誓言之中。

心魔誓言是一种修炼之人最为忌惮但又应用最多的誓言，它是与天道的一场赌约，你若是成功遵守，则相安无事；若是违背誓言，则心魔诞生，入体侵蚀神智。因此心魔誓言虽然凶险，但为了保证长老不食言，我只能这样选择。

妖蛟伤势未愈，见我们这一大群人浩浩荡荡地袭来，还以为是来找它算账，连声狠话都不敢讲，就自顾自地落荒而逃。

也好，省了麻烦。

对面修行者中的吕岩忽然想起什么似的轻轻苦笑了一声，旁边娇小可人的师妹立马缠着他问东问西，他却把眼神投向我。我没有理会，只是一心死盯着那长老，也就是吕岩的师父云鹤子立下心魔誓言。

等到我们双方都确认誓言无误后，决斗就开始了。

谷主、火苗、槐树爷爷，甚至是水仙姐姐都执拗地来看这场我任性而为的决斗，好在他们都相信我。

“小丫头，现在可是没有反悔的机会了啊。”云鹤子见我频频看向谷主他们，颇为自信地揶揄道。

我沉声冷哼，不与他多言，直接喊了声“开始吧”。仙灵力涌动全身，刹那间光华大放，模糊了众人的视线。我趁此机会欺身上前，凝聚出一根蕴含毒素的木刺，用力往云鹤子腰间扎去。

意料中的刺入并没有出现，木刺扎在凭空出现的一柄长剑之上，被其震了回来，我顺势后退三步。

眼前的长剑灵光内敛，薄如蝉翼，却散发着凛冽的寒气。是法宝，而且还是当初吕岩用的那把，想来是云鹤子借给自己的徒弟防身所用。

这法宝在吕岩手中和在云鹤子手中相比，简直是小巫见大巫。

万千剑光道道杀机凛然，像长了眼似的封堵我逃窜的路线，我被逼无奈只好召唤出棉花云。饶是如此，棉花云上仍被剑光砍出了两块不小的缺口。

“哈哈，小丫头看来在仙界没有好好练习护身之术。”云鹤子负手而立，颇为自信地捋起了胡子。

倒也是，他仅用一件法宝就将我逼得无路可逃，活到这个岁数，他还有的是办法收拾我。

离药宫的几个弟子不屑地对我指指点点，唯有吕岩紧皱着眉头，默默念叨着什么。

而谷主他们已经沉不住气，火苗想和谷主一起过来救我，但被我摇头拒绝。看上去结局就是如此了，我将会灵力耗尽，被云鹤子收入囊中，而事实上，我就希望他们如此以为。

金丹大成的修行者和修炼五百年的仙草，要决出胜负也并非易事，不过要是这修行者得意忘形就容易了。

自觉时机已到，我装作灵力不支的模样散去棉花云，从空中摔落。

“甘凝！”不用想我就知道是谷主他们的喊声。

云鹤子缓步靠近，飞剑乖乖悬浮在他身边等候指令。

“小丫头，早知如此，又何必这样浪费自己的灵力？这样我炼制出的丹药药性得损失不少啊。”

“哦，是啊。”我嘴角微翘，“那还得看你有没有那个福气。”

“看招！”

不熄之火熊熊燃烧，绛紫色的火焰看着美丽，实际上凶悍至极。就在我将其从葫芦里放出的一刹那，那把灵力强大的飞剑就化为了一摊铁水，根本挡不住不熄之火的威力。

渊华的火焰这么厉害，让我放心了不少。

让我疑惑的是，怎么连飞剑都一下子烧没了，云鹤子的身影却还在火焰中若隐若现，除了最初的那声尖叫后再没别的动静。

我隐隐有些不安，特别是感应到心魔誓言仍然存在，说明我们还没分出胜负。

“原来上次楚国魔王提到过的小丫头就是你啊，听说帝君可是牺牲了一具化身也要保住你的。”

无形无状的一团黑色烟雾逃过了火焰的灼烧，隐隐凝聚出狰狞的面孔。

火苗大叫道：“甘凝快跑，那是心魔化形，它根本不受誓言约束！”

已经晚了，我被提至半空，经脉刺痛的魔气不管不顾地涌入身体，与我的仙灵力产生激烈的冲突，我只觉自己置身于生死的交界处，唯有身体每一寸的痛楚那么清晰。

03

“甘凝！”

火苗他们红着眼冲上来，各式法术砸在“云鹤子”身上，却又全都穿过它烟雾般的躯体，落了空。

“连帝君的不熄之火都伤不了我，你们这些小打小闹，又能奈我何？”

被束缚住的我疼痛难忍，连阻止谷主的话都说不出。而修行者那边似乎难以接受自己的师父变成个妖魔的现实，个个不知所措地愣在原地。

唯有吕岩经过一番思想斗争后，站出来剑指“云鹤子”，厉喝道：“妖魔，你把我们师父怎么了！”

其他人也因此回过神，虎视眈眈地望着“云鹤子”。

那妖魔阴森森地笑着，好像才注意到这几个弟子，黑雾迅速聚拢化作云鹤子的模样，我的脖子被他幻化出的手掌狠狠掐着。

“徒儿们，我没变啊，我就是我。只是仙路坎坷，换条道路罢了。”云鹤子无所谓地耸耸肩，笑意瘆人。

几个弟子的手都在发抖。

“魔道……”吕岩忽然大叫起来，“师父您不是从小就告诉我们除魔卫道是修行者的天职，怎么，怎么会……”

怎么自己却成了魔？

云鹤子轻蔑一笑，似乎不屑回答这个问题，脚下黑雾涌现。

他这是，要将我带走。

我不顾魔气在身体里的痛楚，拼命地挣扎起来，眼睛却是瞧见神情凶狠的谷主出现在云鹤子背后。

“轰”的一声，巨大的灵力波动将我弹出老远，好在槐树爷爷及时接住了我。

只是槐树爷爷不敢为我治疗，我体内已经有两股灵力互相争斗，再多一股妖灵力，那还不得炸成烟火。

而谷主已与毫发无伤的云鹤子战斗了起来，连那几个发呆的修行者也在吕岩的号召下，配合起谷主对付云鹤子。一时间场面混乱，我根本看不清目前局势如何，只能看出他们打得相当激烈。

火苗看来是铆足了劲，将他辛苦修炼的三昧真火放出了大片，把在场众人都吓得后退数步，云鹤子躲闪不及，被烧了个正着。

早听说三昧真火有驱邪镇魔的效用，没承想如此管用。云鹤子再出现时，神情癫狂，气息萎靡，又变回了一团浓雾的模样，只是淡薄许多。

“你，你竟敢伤了本座！”浓雾看起来有些色厉内荏地冲着火苗大喊大叫。

火苗威风凛凛站立不动，神情轻蔑，把浓雾都吓得不敢轻举妄动。

我却接到了火苗从背后递给我的铜镜，他的后背早被冷汗浸湿，看来是用尽了所有真火。

为了以防万一，我不顾自身状况就给铜镜灌输了灵力，将目前的情况简单地跟渊华叙述了一下。他眉头紧蹙，看着我神色晦暗不明。

怎么了，难道我体内的仙魔灵力冲撞被他看出？我赶紧强撑出一副假笑的面容。

渊华“啧”了一声，似有不快。但他仍凭空唤出一道火苗，交代道：“这是我本源的一缕火焰，你拿去化作化身，对付个与心魔合一的凡人应当无碍。”

我拼命点头，诚惶诚恐地接过从镜子那头传过来的一缕火苗。

“这火……”我刚想问些如何化身之类的话，火焰到了我手上就开始疯狂吸收我体内的灵力，仙魔灵力都被扫荡一空，而它迎风暴涨，眨眼间便有了半人高。

虽被吓了一大跳，但好在我早就做好与渊华有关的东西都会吸收灵力的准备。我紧握着储灵玉，不知不觉，这火焰相当于帮我把魔灵力的后患给解决了。

这边的动静不小，很快就被在对峙中的心魔注意到了。

那心魔估计是以为我还要放一次三昧真火之类的东西，凝聚起滔天的魔气，将周身护得严严实实。

可它想岔了，当火焰化作长袍蹁跹、孤高冷傲的帝君大人之时，它才想起了要逃跑。

但早已晚了，不知为何渊华这次的化身脾气颇为暴躁，五指对着空中虚抓，不熄之火化作麻绳般将心魔捆得一丝反抗余地都没有。

在我们这里拼死拼活都打不过的心魔，才一个照面就被渊华擒拿住了，不得不说，这给人的冲击力不小。

特别是自认修行界天才的几位离药宫弟子，此刻惊得张大嘴巴，说不出话来。

而渊华则是兀自将我抱在怀里，他眼中的戾气还未散去，我想反抗都不敢。怎么在镜子里还好好的，出来就跟谁欠他钱一样。

接下来渊华倒还真向我证明了谁欠他的，他稳稳地抱着我，走至离药宫弟子们面前，他们吓得不敢抬头。

猝不及防地，他将我举高，神色倨傲地怒喝道：“你还要娶甘凝吗？”

吕岩慌张得不知所措，被举到半空的我暗叹，以后渊华还是少分出点化身为好。

经过火苗的猜测，以及渊华不情不愿的三言两语，我大概明白了这具化身如此性格是因吸收了魔灵力所导致的。

我既自责又有些欣喜。

之前我就清楚渊华所有化身体内的情感记忆都是一样的，只是性格不同，除了那个居于三十二重天几乎可以说是本体的“帝君”之外，其他化身都是需要之时拿几缕火焰变化的，故而性情也是随意形成。

目前的这个，怎么说呢，是我从未见过的渊华。

他桀骜张扬，简直比魔族之人还要霸道不羁，那天他虽没有以大欺小收拾吕岩，但还是逼吕岩发誓不许再喜欢我、伤害我。

我自然没有意见，只是吕岩发誓时那副不舍不甘的模样让我很不舒服。明明是他告诉了云鹤子我仙草的身份，带着那个魔头来找我，却又说着喜欢我。

我不大懂，是他们修道之人都脑子不正常，还是我太过矫情？

好在渊华臭着脸将他们都赶跑了，让我开心不少。

那日回谷之时的场面却是令我愤愤不平，谷里的精怪们听长老们说仙界的帝君竟下凡除去魔头，还救了我，个个失去理智似的疯狂尖叫“帝君”。而且这个化身还十分理所应当的样子，傲然走在人群中，享受着人们的称赞。

当日，在精怪们的簇拥下，他抱着我进了我的小屋。

木门一关，结界一开，狭小的空间内只剩我们彼此呼吸的声音，我甚至怀疑自己急促的心跳声都被他听得一清二楚。

我的伤势恢复了不少，被放到床上后，马上就将被子拽住，挪到床头后将自己缩成小小的一团。

我隔着被子，好像都听到了他低沉的笑声。

所以，这是没生气对吗？

被闷在被子里快喘不过气的我决定探出头，结果一出来就跟渊华英俊的脸打了照面，我一紧张又深吸了一大口气。

好像有种熟悉的味道。

我们之间只有约莫一根手指头的距离，毫发清晰可见。原来我将他的气息也吸入了体内，难怪胸腔中如此温热，仿佛有火焰在跳动一般。

“甘凝……”之前他眼中的戾气散得一干二净，却仍有着令我小鹿乱撞的痞坏模样。

修长的手指捏住我的下巴，温柔地摩挲着。他缓缓呼吸，就是不说下句话，热气呼得我的脸发烫。

“你，你想要什么？”不是你想怎么样，而是要什么，我也不知道自己在说什么。

他又笑了，这具化身的笑容，总能撩拨得我心中春水荡漾。

“我要什么，你都肯给吗？”

我无处安放的手把被子弄得凌乱，红着脸点头。

他会，要什么呢？

身体坠入熟悉的怀抱，感受到熟悉的体温，他双手环住我的腰笑道：“要抱你，好久都没抱了。”

真好，若是帝君，定然不会说出来，我将放在被子上的手移到他的背上，轻声说道：

“我也是。”

魔界圣殿，无人敢发声，全都挺立着身子低头不语。幽蓝色的鬼火噼啪作响，在大殿中清晰可见。

王座上的身影终于有所表示，他起身，绣着云浪金边的玄色长袍凭空出现，将原本妖冶的青年衬托得更阴厉凶狠霸道。

“这么说，渊华他耗费一缕本源之炎化身下凡，只为毁本座的一个棋子？”

底下有人慌张地应是，眨眼间就被地面暴起的藤蔓缠住，连求饶的话语都未曾说出就被吸干了血液，剩下的干尸变成尘埃消散。

众人更不敢开口了。

魔尊血色的瞳中情绪不明，他缓步走下王座，台阶之上迎着他的脚步长出漆黑的刺藤，直到蔓延到一位头长独角的青年面前才停了下来。

几滴冷汗顺着鬓角滑落，青年脸色苍白，蔓延的藤蔓已经将毒刺扎入他的血肉之中，缓缓吸收血液。

邪异的笑容突然出现在眼前，魔尊妖冶的容颜让他发慌。

“你当国师之时不是说过渊华那具化身不堪一击，早就被你收拾了吗？那这个是哪儿冒出的？当初本座给他下的诅咒还未能解开，本座就不信他为了个小小的心魔，会再耗费自己一缕本源之炎。”

“尊主，属下确实利用龙脉布阵重创了帝君在凡间的那具化身，也趁他保护那锦罗草之时，将他杀了。千真万确啊，尊主！”

青年生怕毒刺加快吸血的速度，为表忠心连忙磕头。

藤蔓收了回去。

魔尊喃喃道：“锦罗草。”

有人赶紧附和道：“帝君此次灭了云鹤子之时，也是怀里抱着那锦罗草，看模样是同一人。”

先是一声轻笑，后面演变成张狂的大笑，无人敢对魔尊有异议，有异议的人都死了。

他血瞳明亮，自言自语道:“没想到啊，你也有今天。渊华，你不是宁愿断了与蓉婵的天命姻缘，都不肯动私情吗？这下，有了这株小草，你还觉得本座奈何不了你吗？”

收敛了笑容，魔尊从先前披散而下的长发随手拔下一根。

“萱庭。”

“属下在。”

大殿中下跪的众人中出现一个虚幻的身影，神色虔诚地接过魔尊给她的发丝，墨色的长发似有生命般地蠕动着。

她白嫩虚幻的下巴却能被魔尊捏住，她为他邪异的笑容着迷。

“不管那锦罗草炼的丹药是什么，加进去就是了。”

他的气息烧得她耳朵发烫，萱庭乖巧地点头，一瞬间光影变换，她又回到了现实。

门外，与她交好的侍女拍着门，唤她起床。

握紧手中的发丝后，萱庭展颜一笑:

“马上来了！”

第八章 祸临

01

踏入仙界的一瞬间，渊华的化身就“砰”的一声消散，连点火星都不剩。

我和火苗被吓了一跳，差点把怀里一堆辛苦得来的药材给扔了出去。

“走啦走啦，真帝君还在三十二重天呢。”火苗扯着我的袖子催促道。

我只好依依不舍地离去，无他，这种痞坏不羁的渊华简直是千载难逢，他消散了，我很是不舍。

在凡间过了一个月，再回到仙界总有种恍如隔世的感觉。

也对，我在凡间打打闹闹的这个月对于仙界而言，不过是一个时辰罢了，打个盹的工夫而已。

于是我也不急着找老君销假,将药材都放进自己的房间后,就迫不及待地要前往三十二重天见渊华。

虽说在凡间之时我与那个化身没少腻歪，但在我心里，那个心怀天下、孤高冷傲的帝君，才是我心上真正牵挂的渊华。

飞行途中遇到的仙家有不少认识的，我都特别起劲地打招呼，毕竟一个月没见了，还是颇为想念的。

但仙家们多是错愕疑惑，甚至有人问我是不是欠了他什么没还。

我反问："怎么会这样说？"

人家踌躇片刻，眼神往我脚下看去，最后幽幽叹了口气："甘凝啊，没想到如今你日子如此难过，要不你干脆去瑶池算了，在那里钧芜还能罩着。"

我想我应该是把疑惑写在了脸上，不然对方怎么会晃着我的肩膀大喊："是仙云啊！仙云！你看看谁驾这么残破的云出门！"

哦，对啊。那时在凡间，我的棉花云不仅经历了妖蛟的生死追杀，还被云鹤子的法宝砍了两块下来。

由于在凡间棉花云怎么说也是仙云，速度快得惊人，我根本就没注意到这件事。现在嘛，难怪我飞了这么久都没飞出十八重天的这座传送岛。

与这位气急败坏的仙家道谢后，我换了主意。

如今我也算是帝君难得的一条大花边，去哪儿都有人把目光投过来。还是先去将仙云修补或者换朵新的吧，不然给渊华丢脸，他还不知道要怎么找我算账呢。

虽说仙云制作蓉婵上神为仙界第一，但并不是什么仙云都是要她来制作的。九重天有座仙云宫，是蓉婵上神亲手培养出的云官们负责的，许多仙人身家富裕不少后都会来仙云宫换朵好看快速的仙云。

仙云宫人来人往，看来生意火爆。不敢在众人面前展现自己那残破的棉花云，我只好寻了处偏僻的角落降落，再徒步绕到仙云宫。

不得不说,临走前谷主骂我做事不考虑后果是极有道理的。

在抄近路前往仙云宫的路上，我忘了一件重要的事。刚回老君府之时，我就听府上扫地的侍女高兴地找我报信——萱庭被蓉婵上神下放到仙云宫做了副宫主。

我当时还想，有什么好高兴的，从侍女到副宫主，这怎么说也是赚了啊。

于是当我偷偷摸摸地潜入仙云宫后门，与穿着一袭端庄长裙宫装的萱庭撞了个正着的时候，我才想起她如今成了副宫主。

出乎意料的是，她温婉一笑：“好久不见，是需要换仙云吗？”

苍天，我是撞了鬼吗？

许是常年制作仙云的缘故，仙云宫无论何处都弥漫着淡淡的云雾，朦胧缥缈，我也一度以为这个温柔大气的萱庭是我眼神不好，产生的幻觉。

但客套几句后，我发现她竟是真的由内而外地变成了一个陌生之人。

难道是蓉婵上神教导有方，她终于改过自新啦？

眼前这个善解人意的萱庭自然是猜到了我的意思，也不在意我的尴尬，神色从容道：“当初许多事都是我不好，太过自傲，仗着上神宠爱就不知所谓。后来，当我……有了喜欢之人后，才知道什么叫作卑微，我为之前伤害你的事情道歉。”说着，她就眼眶含泪，深深朝我鞠了一躬。

我赶紧手忙脚乱地让她起身，开玩笑，远远地就瞧见一群云官正往这里走来，要是让人看见了，还指不定怎么编排我们呢。

“既然你已知错，我也不愿将过往再如何。只要你不再仗势欺人就好了。”我一番思索后，真诚地向她解释。

事已至此，能翻篇自然是好。不过，萱庭有喜欢之人这件事还是颇令我震惊的，她那么个趾高气扬的性子，是怎样风华绝代的男子令她甘愿变成这个样子的呢。

不管了，反正不熟。

经过这番客套后，我们之间也稍微自在了一些。我想了想还是将残破的棉花云掏出，询问她是否还能补救。

萱庭并没有冷嘲热讽，而是认真地将棉花云缩小放在手心中细细查看，还用一些我不认识的术法对棉花云进行检测。

我忐忑不安地等待一阵后，萱庭才皱着眉头开口："棉花云本就是新人才用的仙云，虽是稳健，但实在有些脆弱。如今它的本源受损，实在不好修复，若是你俸禄足够的话，还是买朵上乘的仙云比较好。"

我讪笑道："可我不够……"

萱庭挑眉疑惑道："老君府每日求药之人络绎不绝，你怎么着油水应该挺丰厚的吧？"

我并不意外她会这么问,外界之人常以为老君府油水丰厚，但其实大多数人求的都是些普通的丹药，那种上品的灵丹基本只有上君才能消费得起，而且那种灵丹只有羿仁和老君会炼。我的水平还不够，加上平日大手大脚，积蓄着实不多。

没钱难倒英雄汉，见着萱庭埋头苦想，我也实在不好意思。

正打算要回棉花云之时，萱庭突然两手一拍：“哦！我想到一个好办法。”

她微微一笑，变出一颗黑漆漆的种子：“你想必不知仙云宫的棉花云是种出来的吧？不过，这要种云需要仙云宫的秘术，这自然不能外传。但传授你将棉花云化入种子之中重新生长的秘术倒是可以，你只要付种子钱就行了，化云秘术就当我送你的。”

没想到萱庭对我如此之好，不仅替我省下一大笔费用，还颇为贴心地当场就将棉花云化入种子之中，帮我解决了不少麻烦。虽说因此我无法凭一己之力飞去昆吾宫了，但就眼前来说，还是准备参赛比较要紧。

渊华嘛，反正在灵犀谷我也跟化身待了些时日，不急不急。

不知不觉间，丹元大会就拉开了序幕。

平日里人多但还算平静的太乾道场，多了许多吵闹的声音。丹元大会广邀仙、凡两界的炼丹高手，其中自然少不了些许修行者，这些时日，我一出门就会碰到不少给我递战书的愣头青。

不仅是我，有时候连羿仁、火苗他们的挑战书，别人都会塞给我转递。

然而身为太乾老君仅有的三位弟子，我们是有权直接进入决赛的，虽说这引起不少人的不满，但老君制定的规矩他们也不敢违抗，只能用这种方法博得一线机会。

我们三个对于这种人都是不予理睬的,这要有本事决赛见，哗众取宠的东西总归是不长久。

这些时日我几乎每天都泡在老君的藏经阁里，研究那些上古时期的丹方，希望能从中完善我已经大概有框架的净魔丹。

我甚至连渊华都忘了去见一面，当袖子里的铜镜震动起来我才发觉，诚惶诚恐地将丹方放在一边，我故意弄乱自己头发后才面对镜子。

渊华见到我先是一惊，他挑了下眉：“你这是干吗了？”

“没洗头。”

“干吗不洗？”

“唉——”，我故意拖了个长音，“都是为了丹元大会啊，作为老君的弟子，我要是拿不出什么像样的丹药，岂不丢脸？”

“那连见我一面都不肯？”

我去，他居然不关注我辛苦研究丹药的事。

但我不敢怎么样，小声委屈道：“我的仙云还在休养之中，飞到三十二重天得花好几天的时间。再说我们在凡间不都抱过好几个晚上了嘛……”

“那不一样！”

帝君大人斩钉截铁的语气，表明我必须得去见他。

好在他也是个体贴之人，在我答应去昆吾宫后，他表示会派人来接我。

这不是给流言四处传播的机会了吗？我心中暗自想着。

刚刚冒出两片叶子的棉花云轻轻摇摆着，我一如往常给它输了些灵力后就没再管它。

萱庭之前嘱咐过仙云休养最忌讳外力干扰，它长得很快，只要每日给些灵力，用不了多久崭新的棉花云就能回来了。

说来我也不是个安贫乐道之人，很多时候都想过换一朵华美快速的仙云长长面子。连老君都跟我提过，身为他的弟子居然还用新人的棉花云实在让他丢脸。

但我不知不觉间已经喜欢上了棉花云，它曾陪我飞上三十二重天寻找渊华，见证了我的难过；它还带我逃离妖蛟的追杀，躲避云鹤子的攻击；它舒适柔软，我睡不着时搂着它就能安然入睡。

“所以我还不如一朵云？”抱着我的渊华抿起唇，眼里都是威胁的意味。

我被他弄得无语，轻轻捶了下他的后背。

“你打算炼什么丹药？”他居然没多追究，看似无意地转移话题。

我十分骄傲：“解决司弘问题的丹药！”

渊华不知想到哪儿，皱眉叹道：“想不到看着那么强壮的人都有问题……”

我这次捶了他胸口，力道不小。

丹元大会开始的这天，乌泱泱的仙家们几乎要把观众席挤满。

老君作为评委之一，端正严肃地落于道场中央。他老人家胡子一甩，从上古诸神讲到丹药发展，从人间医术讲到仙家灵丹。

这一个时辰，火苗都靠在我胳膊上睡得香甜，流出的口水将我的衣袖都浸湿了。

其实昨夜老君就把我们三位弟子叫去开了个小会，除了提点嘱咐些注意事项外，他还声色俱厉地让我们定要包揽前三。据说是他与几个老顽童打了赌，要是我们输了，他就会损失惨重。

其中，目前炼丹术最差的火苗还被揪着耳朵又威胁了一遍，但他看起来很自信，也不知炼的是什么丹。

我们三位弟子之中，火苗掌握火炼之法，我学习木灵丹术，而身为大弟子的羿仁，几乎继承了老君所有的丹术。

我也是昨夜才知道羿仁也是想炼制祛除心魔的丹药，为了避免尴尬，我只好说自己炼制的是净化灵力的丹药。

不知不觉间，老君终于结束了发言，大手一挥就宣布所有炼丹师入场。

我晃醒火苗后，就跟他一同前去寻找自己的位置。羿仁虽说与我冷战，但身为老君的三弟子，他还是跟在了我们身后一起走。

本次大会不知为何，除了些德高望重的炼丹师以外，连些上神都来观赛。

我甚至看到司弘上神朝我点了点头，蓉婵上神与西瑶上神聚在一块不知聊些什么，眼神似乎向我这边飘来。

本来不紧张的我突然有些头皮发麻。

蓉婵与西瑶身边自然站着萱庭和许久不见的钧芜，钧芜十分激动地朝我挥手，还跟身边其他女官叽叽喳喳着不知说些什么，感觉是在夸奖我。

诸位上神入座后，其余炼丹师才陆续找了位置坐下，只是老君身侧竟然还有个空位，这就让许多人百思不解了。

老君也不多解释，见时辰差不多了就言简意赅地宣布开始。

二十座炼药台与丹炉同时升起，所有人都开始处理药材炼制丹药了。我正收敛心神，拿起一片谷主褪下的叶子，人群中就忽然爆发起一阵喧哗。

我差点就手一抖把叶子给抖落到丹炉里。

是谁！如此没公德心，不知炼丹时禁止打扰啊！

我怒气冲冲地抬起头,天边朵朵绛紫色的火焰如同星河般，自遥远的天际一路绵延至此。

所有人丹炉中的火焰都不受控制地暴涨起来，我忽然反应了过来是谁大驾光临，欣喜之余，不安又浮于心头。

白衣胜雪的渊华，踏着这火焰铺就的道路，一步一步，不疾不徐地踏入道场之中，落座于老君身侧。

所有人恭敬的声浪都被我忽略了，我眼里只剩下，他看向我时的坚定与鼓励。

而我无法回应，只闷头炼制起丹药，不知道他会怎么想。

为了他能够一直如此受万人敬仰，永远光芒万丈，渊华，请你原谅我，所做的一切。

一株株形态各异的药材，有的被我直接萃取出药气，有的被研磨成粉末，过了好一会儿，才全部处理好这些药材。

其中我发现有些药材无论是提纯后的药气还是粉末，都覆着一层浅浅的黑色。

但我检查了一会儿，并没发现药性有什么问题，想了想可能是从凡间带回仙界有了些变化，我就没多在意。

这么一会儿工夫，不少人已经开炉炼丹，甚至有的已经炼成丹药雏形了。

我身边分别是火苗与羿仁，他们的进度不相上下，只是羿仁明显从容许多，火苗则是有些焦急，期间羿仁还瞥了我一眼：“认真点，别到处乱看了。”

总觉得他这种语气有点渊华的风范。

深呼吸凝神静气后，我也开炉了。浓烈的火焰气息令我有些不适，我将药材按顺序逐步放入丹炉，用神念控制火候，缓缓融合不同药性的药材。

烈焰熊熊，沉浸于炼丹的过程中时间过得飞快，我听到有几人甚至已经成丹了，其中就包括羿仁。

不行，渊华他们还在道场里看着我呢，不能太落后。

我稍微加快了些进度，已经形成丹丸状的雏丹缓缓在丹炉中旋转。看来一切顺利，只要接下来在火焰中温养一段时间就能成丹了。

擦了擦被火焰熏出的汗，我情不自禁地想到成丹后，司弘解决心魔，我解决渊华寿命之事，心里便有些酸涩，但为他高兴。

一阵轻微的震动让我回神，怎么回事，难不成要炸炉？

我投入更多的神念到丹炉里，只见几乎成形的丹药上多了道漆黑的纹路，邪异非常。感到不妙，我就要停下丹炉的火焰，可是神念不知为何被牢牢吸附在丹药之上。

试着控制身体也失败了，我慌了手脚，从前炼丹从未出现过这种情况。

我拼命动用神念的力量，可是根本动摇不了那黑色纹路的吸力，它像个强大的漩涡，我只觉自己被卷入其中难以自拔，思绪都开始昏昏沉沉。

不行，渊华，我还要救他。

是幻觉吗？我好像隐约间看到羿仁的模样，他终于不生我的气了。

“甘凝，还睡啊！再不起来修炼，回头谷主又要训你了。”

好像是做了一场大梦，脑子存着大量模糊不清的记忆，我嘟囔着推开水仙姐姐的手：“我就再睡一会儿，就一会儿，谷主会体谅我的。”

水仙姐姐翻了个白眼，也不再管我，丢下句“你自负后果”，就跟门口几个帅气的少年出了门。

怎么我会觉得水仙姐姐应该是个大肚孕妇呢？

应该是睡昏了头吧，说来这次我也不知做了什么梦，梦里全是成仙啊、上神啊这类不着调的东西。

要是让谷主知道准会教训我好高骛远。

我抱紧怀里的被子，忽然觉得好像忘了一个很重要的人。不管了，睡个回笼觉说不定还能梦见呢。

只是这被子怎么没平时舒服了，我莫名想着要是怀里的是个男人就好了。

啊！我在想什么！快点睡觉！

02

丹元大会被迫终止，只因老君的两位弟子全被卷入丹炉滔天的魔气之中，如今两人的肉身全都存放于老君府中，道场也被封锁，仙界人心惶惶。

“太乾，你亲自准备的丹炉怎会有事，定是你那锦罗草徒弟下凡后带回的魔气。你就别一直自责了吧。”一位和老君相熟的炼丹师劝道。

但他很快感到一股寒意，帝君冷漠地看着他：“本座当时亲自化身下凡，灭了抓甘凝的心魔，也清除了她身上的魔灵力，绝不是她从凡间带来的。倒是仙界之中，不知何时进了奸细。”

“帝君英明。”

“帝君说得有理。”

其余众人连忙附和。

司弘皱眉道：“为何他们三人都在那丹炉附近，唯有羿仁与甘凝的神念被卷入其中，火苗却没事？”

见众人的目光汇聚到自己身上，火苗噘嘴委屈道：“我怎么知道……”

“是心魔。”老君忽然开口，“那丹炉中的魔气十分精纯，起码也是魔王搞的手段。看来是蕴含了诱发心魔的咒术，火苗他没心没肺的自然无碍。”

“但甘凝、羿仁他们怎么会……”

帝君与司弘同时起身，急性子的司弘先询问：“老君你可有解救之法，羿仁若有心魔必然是因我而起，让我去救他。”

司弘神色诚恳，却被帝君泼了冷水：“你自己都心魔未除，还想着救别人。”

他本以为司弘会顾全大局，没想到这个与他相识多年的仙界战神竟红着眼反驳，不肯退步。

最后，还是老君叹了口气退了一步：“两位上神能入那虚幻之境中救我的徒儿，我自然是感激不尽的。但帝君所言极是，司弘你是守卫仙界的战神，又身怀心魔未除，此行若是出了什么意外，我和徒儿可就是仙界的罪人了啊。”

老君府中气氛降至冰点，无人敢出言。司弘眼眶中的血丝清晰可见，他看着摆放于大厅之中羿仁的肉身，苍白纤弱，如同凡间那时一般，他又没能保护好羿仁。

沉默一阵后，司弘又开了口，他沙哑的声音令人触动。

“老君，我的心魔是因自己无能守护才存在的。现在不让我救他，只会加深心魔。我必须要去救他，我有与心魔对抗的经历，必能将羿仁带回。”

“让他去吧。”

司弘转过头，帝君神情无奈，却是肯定了他。

老君忧心忡忡地叹道：“罢了罢了，毕竟都是活了几万年的上神了，也不该惧怕这小小的心魔。还望在座诸位封锁消息，莫要让有心之人在他们离开之时钻了空子。”

众仙家起身，恭敬地齐声道：“定不辱命。”

丹炉旁阴森森的魔气萦绕不息，司弘与帝君站在丹炉前，周身灵力将其隔绝开来。

帝君淡笑：“我先，还是你？”

司弘一愣，随即笑道：“当初我们一同杀魔族大军之时，你也是如此说的。”

“走吧。”

无形无色的神念被卷入充满魔气的幻境后，他们的肉身很快瘫软下来，被早就做好准备的众人托住。

“一定要平安回来啊。”

老君望着自己府里的四具肉身，幽幽哀叹。

羿仁又躲在山上的那处岩洞之中了。

他今日原本睡得香甜，做了个自己当神仙的梦，会炼制各种神奇的灵丹妙药，许多仙家都待他极好，连当战神的司弘哥哥都对他的丹药赞不绝口。

直到“乒乓”的一声巨响传来，他习惯性地惊醒了。

隔着墙壁，爹娘的争吵声仍然不绝于耳。

他稍微听了些，照例还是他爹酗酒，他娘想着逃以及把他当成蹴鞠般踢来踢去的那些话。

鼻头又泛酸了，尽管那些话听了无数次，他还是觉得难以平静。

全村人都知道，他是个不招人待见的小丧门星。

还做什么当神仙的梦？那不是癞蛤蟆想吃天鹅肉吗？

把从学堂偷听来的谚语用在自己身上，居然还有些趣味，羿仁平静下来后，就轻车熟路地从他房间里唯一的那扇小窗跳了出去。

一路跑到山里，连邻居司弘哥哥的娘唤他，他都不敢回头。

怕给人招惹麻烦。

毕竟，司弘哥哥不日就要大婚了啊。

村子里的一些小孩见了他本想上前捉弄两下，但一想到那个考上武状元的司弘，就收回了那点不乖的心思。

羿仁自然也是知道这点，但也因此，苦涩的感觉在心头散播不止。

作为一个依着山脚建起的小村庄，村里不少人都是猎户，连小孩也是经常上山玩。这片山林之中没什么危险的野兽，猎户们平日都是深入到内山之中寻找猎物的，因此羿仁进山也未被阻拦。

只是身后会有些习以为常的叹息罢了。

被羿仁当作秘密基地的岩洞，是在一处被林木遮掩的隐蔽之处，那里还有清澈甘洌的一处小水潭。

景色清幽宜人，他一旦心绪不安就会来这里放松心态。

而这一次，是因司弘的婚事。

“三个。”羿仁拎起块小石头，百无聊赖地打着水漂，惊扰了水中艳红的鲤鱼。

到现在还是闷闷不乐，他也不知为何，似乎和清早的梦境有关。原本对司弘哥哥来说算是双喜临门的婚事，他却一直无法高兴地接受。

是梦境的缘故吗？梦中他似乎预见了未来，狐狸精变成的美丽新娘要吸食司弘的血气，他拼命阻拦，结果被爪子刺入了心脏。

这么胡思乱想着，连脑袋被人轻抚他都能吓得跳起来，撞在个胡须扎人的下巴上后才反应过来。

“司弘哥哥我不是故意的，你没事吧……”

眼前的少年不过十四岁，本就破旧的麻布衣不知刮到了哪处树枝还是岩石，裂开了一条缝。少年单薄的身体加上这衣服，陌生之人估计会以为他是难民或者乞丐。

司弘被他慌乱的样子逗乐了，揉揉下巴后又伸手摸摸他的脑袋。

少年茫然地看着他。

他笑道：“我给你买了些新衣服，你应该会喜欢。”

回家的路上，司弘跟他说起很多神仙鬼怪的趣事，羿仁觉得奇怪，司弘从前就是个武痴，相信一双拳头打遍天下，对这些东西都是嗤之以鼻的，但他听着有趣，也就没再追究些什么。

司弘见羿仁听得津津有味，试探地问道：“羿仁你觉得这些故事熟悉吗？”

“熟悉？”羿仁歪着脑袋。

“呃，你觉得很新鲜？”

羿仁不知司弘心里的算盘，高兴地说：“对啊，这些帝君、锦罗草之类的故事说书人从未讲过，司弘哥哥你是不是在京城的茶馆中听来的啊？”

司弘哭笑不得，摸摸他的脑袋，这已经是今日第三次了，可他就是忍不住。

路上不少人热情地与司弘打招呼，自然也有顺着杆子祝贺司弘即将新婚的。跟他们客套一阵后，司弘明显感觉身边的小醋包不高兴，他就快刀斩乱麻地找借口直接回家，不给那些人多嘴的机会。

羿仁家门口一片狼藉，司弘冷着脸不知想着什么，羿仁以为他又是担心起自己的安全来，反而好心地安慰他。

“羿仁，随我去状元府吧。”是庄重严肃的语气。

脑子像糨糊一样混乱，羿仁说不出自己是欣喜还是担忧，就这么沉默着被出门的司弘娘邀进了屋里做客。

爹娘又不知跑去了何处，望着杯中浮沉的茶叶，羿仁忽然红了眼眶。

“怎么了，茶水太烫吗？”

“不是，很好喝。”羿仁笑着回道，随即小心翼翼地问，

“司弘哥哥你就要成亲了，我去你府上会不会麻烦你？”

“不会。”

“我爹娘那边……”

“我会说服他们的。”

“我会做些杂活，不白吃白喝！”

司弘闷声笑了，将新裁制的衣服递给羿仁。

“你喜欢就做，饿了就吃，谁敢说你白吃白喝。”

感觉承受了大恩大德的羿仁眼泪止不住地流下，司弘边笑话他，边在心里叹气。

这个小孩可比老君府的大弟子好哄多了。

不知不觉间，羿仁已经搬到司弘的状元府半个月了，原先消瘦的少年终于渐渐结实了些，这还得益于他老是抢着下人的活干。

司弘抚摸着手中的新郎服，心魔蠢蠢欲动，被他怒喝着压制下去。

明日便要成婚了，心绪不安的除了他还有羿仁，今日羿仁已经打破了三个盘子了，而他也很难静下心思考怎么带羿仁出这个幻境。

近日他不断回想起，曾经他的新娘将尖锐的爪子刺进羿仁胸膛的画面，心魔几乎压制不住，但心里念着要将羿仁带出去，他就有了与心魔斗争的力量。

倒是羿仁，他不知自己身处幻境，心魔是否影响了他也该去问问。

轻手轻脚地走到蹲坐在台阶上愣神的羿仁身边，他细细打量起这个弟弟。原先苍白纤瘦的脸颊如今有了好气色，虽说不上肉乎乎的，但有种男孩子的锋锐棱角。这样有些冷酷气质的男孩，却被他看着看着就红了脸。

“司弘哥哥，有，有事吗……”羿仁不知为何紧张得很。

司弘笑了笑，拍拍他的肩：“别怕，就想问你过得如何？”

“过得很好！”似乎生怕司弘自责，他急切地回道。

“吃得好，住得好，穿得也好，你看我的胳膊都壮了不少。”

司弘还真好奇地捏捏羿仁的胳膊，这点小肉与他魁梧的身材相比自然不值一提，但比起羿仁从前皮包骨的样子自然算是好了许多。

“那有哪里不好吗？你好像在担心什么？”司弘一直都是一个不会拐弯抹角的人，直接就问了出来。

羿仁的小脸蛋上风云变幻。他是个心思细腻的孩子，总会在心里纠结自己的所作所为会不会给人添堵，而司弘看不过地捏了下他的脸蛋后，他还是泄了气，老老实实地交代了。

“司弘哥哥，你觉得你的未婚妻好看吗？”少年睁着圆亮的双眼，紧张地注视着他。

“嗯。”这自然如此，狐狸精嘛，长得丑还出来混啥。

羿仁眸子一暗，斟酌片刻后又问道：“那，如果我说我梦见她是狐狸精变的……”

不对不对，他连忙摆手，司弘哥哥定然是喜欢这个女子的，他怎么能把这种荒诞的话直接说出来，这下司弘哥哥肯定就厌弃自己了。

“我相信。”

出乎意料的回答，羿仁愣愣地呆住，看着司弘笑意盈盈的模样，心中如雪遇春光，暖流四溢。

“我看到过她的原形，只是不好处理。只能想法子在新婚之夜封印这只妖孽，羿仁，你能帮我忙吗？”

羿仁像小鸡啄米似的疯狂点头。司弘心里偷乐，兵不厌诈，自己这个仙界战神名不虚传啊。

司弘的大婚典礼热热闹闹地进行到明月当空才结束。

许多达官贵人都来祝贺这位新婚的武状元，羿仁光是在门口收礼就已经收得麻木。

终于吉时到后，在众人的起哄声中，司弘入了洞房。羿仁虽然早就和司弘将一切布置得万无一失，但还是有些担忧不安。

要是狐狸精的媚术将司弘哥哥迷得失去心智该如何是好？

焦急地将遣散宾客的任务交给下人后，他借口困倦疲惫偷偷绕了个远路，走到了新房的门口。

“啊！”他才刚到就被这尖厉的喊声吓了一跳，担心司弘出事，他急得随手就拿了一把铲土的铁锹就冲了进去。

“司弘哥哥我来救你！”

大叫着冲进门后，他愣住了，地上有只包裹在红绸之中的狐狸，身着新郎服的司弘含笑看着他，神色轻松。

“这，这就是那只狐狸精？”怎么连符篆、桃木剑都没动用就被打回了原形？

脑海中灵光一闪，他似乎朦朦胧胧地想起了什么，却又抓不住。这时候司弘大步流星地走上前，双眼直视着他，声音低沉有力：“羿仁，这狐狸伤不了我，你既不必自责也不必心心念念着报恩，你一直都做得很好。”

耳边似乎还有妖魔的低语，但这些都没有司弘的声音那么有力，将他惊醒。

羿仁笑了，他从前也有想过，若是当初他踹开门看到的是这副景象，而不是司弘鲜血淋漓地被狐狸咬着。

或许，一切都会不一样。

但时光便是如此，不可重复，不可改变。他也对司弘说：“从前你成凡人历劫，不是她的对手很正常，不必自责不必愧疚，有你的帮助，我才能过得这么好。”

周边种种景象尽皆消解，两人再度醒来，便是见到对方躺在地上的模样。

两人相视一笑。

03

萱庭悄悄飞至十八重天。

原本目不斜视地看守传送阵的天兵们，见到温柔似水、款款而来的仙云宫副宫主，也忍不住屡屡斜视。

被萱庭看到温婉一笑后，他们几个都忍不住臊红了脸。

“几位道友，本宫想前去凡间采集些制作仙云的材料，不知去何处比较方便？还望各位能够指示一番。”

美人轻声细语地诉说自己的苦恼，几位天兵自然争得面红耳赤一连说了七八处地方。萱庭思考一番后，选了一处妖怪聚居之所。

“那儿是我负责掌管的传送阵，我领你前去。”在同伴的起哄声、遗憾声中，一个皮肤黝黑的憨厚青年站了出来，他不好意思地挠着头，见到萱庭和气地点点头后就安心了下来，大步流星地领她去岛上那处传送阵。

他从前听说了许多有关萱庭的流言，但见了真人后，他便对那些话嗤之以鼻了。

萱庭是个多好的女子啊。

美丽大方，温柔婉约，他曾因自己傻憨的模样被不少仙子嘲笑戏弄，唯有萱庭善解人意，待他十分友善。

他想，待会儿就不收萱庭的传送费了，自己出点俸禄也没什么。但下一刻他转过身笑着跟萱庭说传送阵到了之时，一根毒藤刺穿了他的胸膛。

不慌不忙地看着这个傻天兵倒下，萱庭无悲无喜，反而珍视爱惜地抚摸着毒藤，默念她心上人的名字——魔尊。

吸食足够血液的毒藤顺着传送阵的纹路野蛮生长,转眼间,原本金光璀璨的传送阵就变成了阴森森的妖魔阵法。

暗红的魔光一闪，萱庭恭敬地下跪，低头狂热地喊着：“恭迎魔尊降临。”

魔尊一踏足仙界，整个三十三重天似有所感，无数仙人只觉心头莫名不安焦躁。

他勾起嘴角，妖异的脸上满是得意：“父尊当年也是愚蠢，与仙界拼得两败俱伤也不曾拿下一分一毫。本座如今不费一兵一卒，就拖住了帝君与战神。”

“尊主英明神武，自然远胜前人。”萱庭崇敬地看着他。

哦，对了，还多亏了这个丫头。

指尖轻抚萱庭的脸颊，魔尊柔声问道：“大功臣，你为我魔界扩张立下大功。可有何心愿，本座全都满足了。”

她等待许久的一刻终于来临，说出心愿时，连声音都在颤抖。

“我想，得尊主垂爱。”

“好。”

眼眸中闪现出惊喜的光亮，又瞬间黯淡，她怎么也想不到，一瞬间，自己所有的努力都付之东流。

“癞蛤蟆想吃天鹅肉。”魔尊望着萱庭倒下的身体，不屑地笑了笑。

一枚心魔骗来的棋子而已，他想要多少都有。

而仙界，才是他毕生所求。

第九章 入你心扉

01

我打算逃出灵犀谷。

这件事其实自打我做了那个有关仙界的梦后，我就一直在筹划着。

虽说我也不大懂自己为何硬要跑出去，明明才刚刚修成人形，我也知道外界有许多能把我抓去炼丹的修行者，但心中一直有个念头——如果不出去的话，就会错过一个十分重要的人物。

至于是怎样的人，我也不大清楚，是大罗金仙，还是仙界帝君？不然还有怎样的人能吸引我出谷？

“美男啊。”水仙姐姐磨着指甲冷笑道。

“除了男人还有什么能让一个少女冒着风险跑出谷啊。”

我对她的言论翻了个白眼，继续折腾我的逃跑计划。

“不过，说真的，你在这儿挖洞真的有用吗？”

“有用！”我十分笃定自己的判断。

望着这土洞旁堆起的土堆，我必须坚信没用也得有用。

灵犀谷的阵法其实宽松得很，比起那些修行者动不动就灭杀元神来说已经是温和许多了，只有进入需要口诀，出去自由随意。

然而只有我，是被谷主下了禁止法阵通过的符咒。

当时我据理力争了一番，但因自己闯祸历史极多，被谷主以此为由打压了下去。

“那你就挖洞？别忘了谷主的根系大多就在地下，你的铲子要是铲在谷主树根上，我可没空给你收拾啊。”

我手上的铲子顿了顿，讪笑道：“我自然尽量避免，再说，谷主的树根多了去，连地面都有气根，反应绝对没那么灵敏的。你快接着望风，别被人发现了。”

我特意选了个偏僻没有布及气根的角落挖洞，可不是拿来浪费的。

水仙姐姐不情不愿地别过头去，我继续卖力地挖洞。

不知过了多久，水仙姐姐烦躁地扔下一句：“再站下去我都要变丑了，你自己挖去吧，我走了。”

这个女人果然靠不住!

好在我已藏匿于地下，这样别人也看不见我，我也能继续挖我的洞。

挖洞之时，由于太过乏味我经不住胡思乱想起来，因为在梦中我是听从众位长老建议出谷历练的，并没有什么挖洞逃出谷的举动，我甚至记得自己出谷后救了两个男人：一个是瘦弱的少年，一个是脑子不正常的修行者。

但，此时挖着洞我的确是想不通。

罢了罢了，梦境而已，只是太过真实导致我有些混乱，哪有那么多桃花运，随便一捡就能捡到什么美男的。

欸，有光。

我奋力铲开上层的土壤，光亮照进这挖出的土道里，我兴奋地一跃而起，大喊道：“我终于出来了！啊——”

这情景着实相似，我从洞中跳出下落之时，脚上似乎踩到了极为顺滑的布料，一下子没收住，直接脸朝地摔落下去。

比想象中的疼痛轻微许多，我好像枕在了什么炙热坚硬的物什上，心跳声和闷哼声将我吓了一跳。

我小心翼翼地抬头——

啊！是个美男!

“你还想趴多久啊，姑娘？”美男如是问我。

我只觉脸上臊得慌，连连道歉就要起身，可是四肢莫名乏力，跟没了骨头似的瘫软在美男的身上。

想到脑袋上顶着美男意味深长的眼光我就发怵，但是不行，我斟酌一番后道：“要不你抱我起来吧，我不知道怎么回事起不来。”

天啊，我怎么会说出跟水仙姐姐作风一般的话，这下肯定会被当作是个轻浮之人。

我捂着脸做好被骂的准备，身子却是一轻，美男扶着我站了起来，熟悉的力道让我隐约有些不安。

“姑娘怎么会从此处坑洞中出来？”美男十分善解人意，岔开了令我尴尬的时机。

我讪笑道：“听闻此处距传闻中的灵犀谷很近，我想试试能不能挖到什么灵药。”为了不让他深究下去，我反问道，“这位……道友是为何来此的？”

“哦，我听说此处的雾莲山里有株千年灵莲，我自小就有种怪病，如果不吸收木灵力的话，就会流失寿命。”说着，美男的脸上还流露出些许惆怅。

但我是不会同情他的，只因我就是一只木灵之精哪，要是被他知道了，我还不得被吸干。

“那道友还真是命运多舛，不如我们就此分别？我们各找各的宝物去？”

我说完就准备一溜烟跑路，但领子被人揪住怎么也挪动不了。

美男寒着脸道：“我叫渊华。”

我愣了，点点头，心想，你叫渊华怎么了吗？

渊华不甘心道：“你真不记得我了？”

我茫然地摇摇头，这种级别的美男子光是容貌我就能记到下辈子，没见过确实是没见过。

不过，我小心翼翼地抚上他揪住我衣领的手：“现实中是真没见过，不过梦里好像有。”

“真的吗？”渊华万载寒冰似的脸竟露出一丝笑容。

“是是是！”我生怕他不相信，当然有人愿意相信这种话实在奇怪，难道是个修炼走火入魔之人？

但他长得这么好看。

“走吧。”他松开我的领子，还拍拍我的肩膀，令我受宠若惊。

“去哪儿？”

“雾莲山。”

“啊？”我难以置信地张大了嘴。

他皱了皱眉：“好丑，快闭上。”

下意识闭嘴后，我察觉到不对劲：“凭什么我要跟你一个陌生人一同去雾莲山，你想对我怎样？”

他这下不耐烦地“啧”了一声，把我装出的气势都吓退了几分。

但好在他还是忍着怒气，尽量缓和地告诉我：“我看出你是个有木灵力的，为了防止我待会儿怪病发作，才叫你留下。当然我会给你灵丹补充灵力的，事成之后还有重谢，怎样？”

看着渊华不断掏出的高级灵丹，我简直口水都要流出来了。

我郑重地握了握他的手：“渊华你可真是找对人了，我从小就乐于助人，有口皆碑，选我不亏。”

“合作愉快。”

就这样我们一起踏上去雾莲山的路。

途中，我们还有了一次传递灵力的经历，只是这过程着实与我想象的相去甚远……

“好，好了吗？”我的脸红得发烫，想挣开一些又被渊华死死地抱住，我都怀疑他是为了轻薄我才故意编出这个怪病的由头。

但灵力是真的在被吸收，灵丹也有给我吃，而且，这样的场面竟让我觉得熟悉，好像早就做过无数遍了一样。

“甘凝。”这个闷头抱着我吸收灵力的人终于开口了，“若是我不用再吸收你的灵力了，你还会让我抱吗？”

不会！我本来心中是这个斩钉截铁的答案，但不知为何，心在轻颤，鬼使神差地，我不想离开他的怀抱，就没回应他。

果然让他得意地笑了。

此刻是深夜，雾气浓郁，视线模糊。我们准备明早登上雾莲山，就躲在一个山洞之中互相拥抱着。

我瞧着满天璀璨的繁星，细碎的虫鸣声悦耳清脆，不自觉喃喃道：“若是能去仙界就好了。”

“你会去的，一定。”我以为睡着了的渊华，目光深沉地看着我，说着十分坚定的话。

我打了个哈哈：“哪有那么容易，修炼一道，三灾九劫，成仙还需经历天雷之劫。”

可他反而来劲了：“我说你可以就可以，一定能。”

“好好好，可以行了吧。”男人真的很奇怪，我噘嘴不理他，但他的目光仍停留在我身上。

“干吗？休息了，明日还要上山呢。”

“嗯。”他这次没再辩驳，甚至松开了我，独自找了个角落盘膝闭目养神起来。

我本该欢喜才是，但心头却是像丢了好吃的虫子般失落，没再多想，我赶紧催自己入眠。

一夜无话，转眼间，昊日当空。

雾莲山的浓雾在日光下渐渐消散，郁郁葱葱的景象暴露于视线之中，看来与寻常的大山无甚区别。

渊华今日比平时紧张许多，一直板着脸不知想着些什么。

我也理解，毕竟性命攸关的事，人家紧张些也合乎情理。不过他执意要牵着我的手，说是以防怪病突发，以便灵力及时补充。

我也不怎么在意，被他的大手轻轻抓住的感觉很好，好像有种被保护的感觉。

我们一直寻找着那株千年灵莲，但一直走到了半山腰都未曾有任何蛛丝马迹。

“渊华，你是不是消息有误……欸，那是什么？”

我惊讶地看着天际落下一道绛紫色的流光，瑰丽非常，而且莫名牵动我的心绪。渊华攥紧了我的手，轻声道：“我们去那里看看。”

嗯，反正也没寻到灵莲，去凑个热闹。

我们很快就见到了那道流光前，原来是团化形成火鸟的火焰，根根羽毛分明，犹如实物般美丽。

我不自觉地想要伸手去触摸它。

另一只手却被拽到了渊华身边，他看着我，眼中意味不明。

“你是怕我有危险吗？没关系的，我有灵力护体。”唉，这么大的人还担心这种小火，我拍拍他的手以示安慰。

他却眼睛都不眨地看着我：“甘凝，抓紧我，无论发生什么都不要松开。”

我乖乖点头，然后小心翼翼地触摸上去。

一瞬间，汹涌的吸力几乎要将我吞没，我唤着“渊华”想让他快走，可是他力道十足，死活不肯松手。

我只能眼睁睁地看着灵力被那只受伤沉睡的火鸟吞噬。

随着灵力的流逝，记忆也随之零碎地浮出水面，以及一部分渊华的记忆。

一片混乱惨烈的战场之中，魔尊与几位魔主联手布阵重创了他。

“哈哈哈，渊华你中了本座下的咒术。只要第一个接触你的人就会被吸光灵力，而且你必须一直吸收，否则就会死去。”

张狂的笑声、妖异的容颜渐渐模糊，拼命一击重伤对方后，渊华化为原形下坠落至凡间雾莲山。

他本想着凭借自己上神的修为，缓缓修炼也能恢复灵力，不至于让诅咒发作，害了无辜的性命。

可他没想到自己伤势过重，休养过程之中神念沉寂，连一株好奇心旺盛的锦罗草上前触碰他都未曾察觉。结果诅咒发作，他不受控制地吸取着那小妖的灵力，直到她被打回原形，他才清醒过来，懊悔不已。

渊华因自己害了个小妖的修行而愧疚，将这小妖送回了她挖出的土洞边。

而他因此饱受诅咒的折磨，内心对她灵力的欲望被生生压制着。

一代仙界帝君，怎能连个小妖辛苦修行的灵力都去夺取呢？

他不该如此。

“你都知道了？”渊华垂着眼，情绪不明。

“其实，当初就猜得差不多。”我想告诉他蓉蝉上神之前就透露了一些大概，却控制不住地浑身颤抖。

设身处地地感受他这段记忆，才知道我想象中的痛苦远不及他实际经历的这些。

渊华第一时间就冲过来抱紧了我，安抚道：“别怕，就算我只能活数年，也能镇守仙界，佑你平安。”

不，他不知道，我怕的不是这个。他承受的每一丝苦难与责任都令我难过，而我若走了，对他而言又是一场苦痛。

但好歹是活着的。

“渊华，你要能喜欢别人就好了。”我喃喃道。

嘴唇下一刻就被猛烈地吻住，他声似玄冰：“甘凝，你敢？”

幻境顺势碎裂，我触摸着自己的唇，温热尤存。

02

我醒来之时，身边只有羿仁撑着脑袋在等着我。

隐约间听到外面有些喊杀声，我摇摇羿仁，将他唤醒。

他终于不再跟我怄气，急切地问我身体是否舒适，心魔是否解除，我都一一解答。

毕竟是我自己炼制的丹药，效果还是不错的，虽说里面被加入了些不好的东西导致大家变成这样，但看来效果不错。

“奸细已经查出来了，是萱庭。她被魔尊蛊惑了心智，你的棉花云里全是魔气，她还打开传送阵连通魔界，如今魔族士兵大量拥入仙界，十八重天之下全部沦为战场。”

羿仁的话语中所含的事情太多，我一时间也难以消化，只能先问最关心的问题：“渊华呢？他去作战了吗？老君、火苗、司弘他们也去了吗？怎么只有你在？”

羿仁轻轻拍着我的肩膀，缓缓道来：“帝君他曾受魔尊咒术影响，只能与司弘一起缠住魔尊，其他的魔王都被别人拦住了。目前战况不算差，我不善于打斗，就留下炼丹给天兵天将疗伤。”

“我也去。”我挣扎着起身，生怕下一刻渊华就被魔尊打败。

羿仁扶着我起来，又喂我服下恢复的药剂，身体顿时好了许多。

因棉花云如今被魔气污染，我就搭着羿仁的仙云前往十八重天。太乾道场是个独立于三十三重天之外的小世界，身在其中并未感受到战况。

离十八重天越近，那汹涌的煞气几乎令人心神失守，我恍惚了一下，羿仁赶紧唤我吞下一颗静心丸。

乌泱泱的魔族大军看着就令人压抑。

我们落到了仙界的大本营，不少忙碌着的熟人都过来嘘寒问暖，当我看到不少人身上挂彩，还挂心我的情况之时，心中酸涩难忍。

我给众人鞠躬：“对不起，都是因我炼丹不慎，令魔族有可乘之机，今日之过我定会拼命弥补。”

“甘凝，你不必自责。”

我被人温柔地扶起。

是那位曾说我怎么用残破棉花云的仙家。

他手臂应该是被砍了一刀，森然的魔气在伤口盘踞，看着都痛苦难忍。

而他却笑着对我说："不怪你的，魔尊狡诈，蛊惑了萱庭，你只是受害者，我们都不怪你的。"

"对啊对啊,甘凝你觉得不安就多炼制些丹药便可,哈哈。"

他们嬉笑怒骂，毫不在意什么魔尊魔族，为了守护这个三十三重天拼尽全力，而我也要为此付出自己的努力。

"甘凝！"居然是蓉蝉上神款款而来。

她看上去多了些冷厉，少了些温柔，也不跟我多客套，只是传音道："渊华在大帐之中，你去看看他吧。"

说完，蓉蝉上神便洒脱离去。我知晓萱庭是她一手提携的侍女，如今犯下如此大错还丢了性命，对她有些影响也合乎情理。

大帐可是只有上神才可进入的议事之处，而我说出自己的姓名后，那看门的天兵很快恭敬地请我进去了。

一入帐，数位上神的目光齐刷刷地聚焦到我身上，害我心惊胆战，轻轻挥手："你们好啊。"

"呵！"是司弘上神忍不住笑意，替我化解了尴尬。

主位上的渊华朝我招手，我乖巧地落座于他身侧，一旁还有老君在，我一下安心了不少。

“这是先前蓉蝉坐的位置。”老君坏笑着看着我。

我一时间如坐针毡。

“咳咳……”渊华斜视了老君一眼，威胁意味十足，随即开口，“若是我与魔尊直接决斗，便可省去不少伤亡，大家可有意见？”

“不行！渊华你伤势未愈，又有咒术在身，怎会是魔尊的对手？你这是去送死。”全场也就司弘敢如此开口反驳渊华了。

“就算如此，我也能跟他拼个两败俱伤。你能吗，战神？”渊华看来是动了火气，说话重得很，无人敢劝。

司弘急红了眼，看到我局促不安的样子就喊道：“甘凝，你不管管你男人，他这是去送死！”

众上神的目光又一次聚集到我身上，但这次我敢站起来了。

“他愿守护仙界，我愿守护他。既然他想做，就让他去吧，我相信他会胜利的。”

我朝主位上神色动容的渊华轻轻一笑，司弘一人的不满就被压了下去。

渊华，他们皆觉得我说的是玩笑话，但我真的会守护你的。

这一次，你不会再有苦难了。

帝君与魔尊单独决斗的消息很快就传遍了仙界。

然而，对于此举多数人都是担忧在先，帝君从前中了魔尊咒术的事情早被魔族散播开了，人心惶惶。

也许仙界只有渊华与我才相信他能胜利了吧。

“你不必再多输送灵力了，有损本源。”渊华无奈地拿开我抱住他的手臂。

但我执意如此，他即将要与魔尊决斗，若是咒术发作那还不是任人宰割了。

渊华满头黑线，停止吸收灵力，却依旧紧紧抱住我：“我没那么弱，仙界帝君是打出来的名头。”

“那你怎么不叫战神？”我很怀疑。

渊华不满地哼哼：“战神有帝君厉害吗？莽夫而已。”

不知道外面的战神听到渊华唤他“莽夫”会作何感想，我不禁乐出了声。

“咳咳，帝君该去准备了。”帐外之人提醒。

渊华应了一声才不舍地松开我，我轻声安慰道：“没事，等你打完回来随意抱。”

他乐了：“有多随意？”

我红着脸把他赶了出去，帐外竟是月老仙君，他美滋滋地看着我们闹腾。

渊华立马恢复冷傲帝君的做派，肃穆地前去准备决斗。

而我留下与月老攀谈，从前在他府上闻了浮生茶的气息，让我猜透了许多事，平心而论，我还是颇为感谢他的。

“看来姻缘碑还是准的。”月老浮夸地调笑。

我微微行礼：“月老的浮生茶也是准的。”

思虑一番后，我问道：“月老觉得帝君胜算几何？”

月老有些意外：“我不过一个算姻缘的仙，怎会预知未来？甘凝你关心则乱了。”

对啊，我有些懊恼地敲敲脑袋，还以为能在月老这边碰碰运气。

额头却突然被轻轻叩了一下，我怒视月老，不至于吧，随便问问就这么小心眼。而他只是微微一笑，喃喃道：“还在就好。”

我疑惑地看着他，而他只是摇摇头：“决斗要开始了，你还不快去看看。”

的确是决斗重要，我急匆匆地告辞，往战场而去。一路上，额头隐约发烫，我心想月老手劲真大，也没怎么在意。

他们选择的战场是十八重天的传送岛，将护岛的法阵激活，除了两人以外，谁都不能进出，只有胜者才能出来。

而失败者，传送岛上连接众多空间世界，一个不慎就会流落什么陌生的世界，九死一生。

双方仙魔早就严阵以待，各自威势逼人，其中帝君与魔尊独自凌空而立，漠然盯着对方。

“渊华！你这次可没什么上神兄弟姐妹帮衬，输了整个仙界可别后悔啊。”魔尊笑得极为猖狂，仿佛胜券在握。

面对这样的挑衅，仙界的天兵天将都怒目而视，只有渊华依旧淡然自若，寒声道：“希望你的法术能有嘴皮子一半高明。”

见讨不到好处，魔尊也不在意，率先飞入岛中。

渊华回头深深看了我一眼，我朝他一笑，他也随之入了阵。

“甘凝，你干什么？你又进不去！”

众人唤着我，我不管不顾地到了阵法前。

强烈的灵力波动扑面而来，阵法上玄奥的纹路散发着令人心悸的杀机，我小心翼翼地掏出自己的依仗——

唯一的一张破禁符。

当初我机缘巧合得了两张，在凡间初遇渊华时用了一张破开他房间的禁制，如今我却是用它破开传送岛的阵法。

都是为了他啊。

传送岛内，渊华身着锁子战甲，手执三尺青锋，神色冷峻地面对慵懒的魔尊。

“至于吗？连上代帝君的斩魔剑都用上了，你的剑术可不怎么样，怕是连我的一根头发都砍不到。你要不假死吧，我将你传送到魔界，从此做我手下的魔王，解了咒术，享受酒池肉林，何苦做这清高的帝君。”

魔尊顿了顿，仰头望向阵法之外的天际，勾唇笑道：“三十三重天的死气竟真被你度化了大半，想必耗费了不少本源吧。啧啧，渊华你真是蠢啊，太浪费了。”

锋锐的剑芒突如其来地直斩而下，被凭空变化出的藤蔓挡住了七八分，魔尊挥手捏碎剩下的剑芒，血瞳中寒光四射。

渊华仿佛什么都没发生似的，执剑而立，周身灵力磅礴澎湃，他漠然道：“来战，何必多言。”

“哈哈，不识好歹！我倒要看看你一个消耗寿命之人，能在我手底下撑过几招！”

魔尊暴起而出，随着鬼魅般身影突现的还有根根锐利的毒藤，专门往要害之处刺去。渊华神色凝重，斩魔剑精准地抵挡住每根藤蔓的攻击，明亮的剑光与漆黑的毒藤形成鲜明的对比。

“不错嘛，剑术有所长进。”魔尊似乎打得尽兴，狂笑地肆意攻击，渊华没有理会他，边闪避边找机会攻击魔尊。

浓烈的血光大放，渊华暗道不好，数根毒藤化作螺旋状猛地击打在斩魔剑的剑身上，发出刺耳的声音。

渊华猝不及防地被推到一座传送阵的边缘,灵力汇聚之下,猛然挡开毒藤的攻击,浑身紫焰燃烧着缠绕在斩魔剑上,狠狠地一斩而下。

藤蔓化作灰烬散去,渊华有些苍白的指尖紧握剑柄,凝视着魔尊的动作。

魔尊毫不在意被渊华毁了几根毒藤,他邪笑着打了个响指,唯一一座魔气滔天的传送阵突然发了疯似的迅速生长出大量的毒藤。

它们盘踞纠缠,渐渐形成一个无比高大的巨人模样,魔尊得意地飞入其中,巨人瞬间幻化出魔尊妖异的笑容。

“帝君啊帝君,你的灵力还能撑多久呢?”

渊华握紧剑柄,他的发丝已有不少开始泛白,体内的灵力强行透支许多,他的火焰几乎要将他灼烧殆尽。

巨人连随意挥手都需要他拼尽全力抵挡,渐渐地,灵力越来越微弱,伤口越来越多,火焰越来越黯淡。

魔尊的狂笑声刺耳异常,渊华终于失去了所有气力,被巨人挥手一甩滚落到一座传送阵边。

就到此为止了吗?

父神一定对他很失望吧,过了那么多年,他依旧守护不住仙界,这个帝君无用得很。但三十三重天的本体还需守护上神们的魂魄，他不能动用那份灵力。

血液不断渗出，魔尊张狂地说些什么他已经听不清了，他骗了甘凝，他不能在取胜后去拥抱她了。

“渊华……”

是幻觉吗？

“你不会是这副样子的，我会守护你。”

温热的暖流将干枯的经脉都滋润得恢复，渊华只觉得一股柔和的灵力源源不断地注入他的仙心之中，甚至生命力都有了补充。

而这灵力，十分熟悉。

03

我破开传送岛法阵之时，就见到渊华浑身浴血倒在一座传送阵边缘的模样，一瞬间，我如坠冰窟，下意识地冲到了他的身边。

还好，他还活着。

看来是魔尊所化的巨人阴森森地笑着，他以为自己能看到爱恨离别的凄惨景象吗？我默念起那晦涩的口诀，浑身灵力逐渐压缩回去，点点灵光汇入渊华的胸膛。

魔尊想来是看出来了，他一边气急败坏地尖叫："怎么会有你这种自愿化作他人仙心的蠢货！"一边生出数十条藤蔓气势汹汹地朝我袭来。

好在我早有准备，装满渊华不熄之火的葫芦对准藤蔓汹涌喷出火焰，足够挡住他一会儿了。

"渊华……"我轻轻擦拭他脸上的血迹，他睫毛轻颤了一下，"你不会是这副样子的，我会守护你。"

我第一次吻他，却将泪滴落在了他的额头。

身体在缓缓消散，他也快要醒来，渊华，我们只能来生再拥抱了。

"不！"渊华恰好醒了，但此时我的身体也已完全消散，所有灵光都融入他的仙心之中，他只差一点，就能最后触碰到我。

魔尊终于想到将沾染有不熄之火的藤蔓直接甩入传送阵中，可此时渊华已经苏醒，他尖厉地喊叫着："渊华你可真是好运啊，总有甘愿为你去死的人，但即便如此你也休想成为我的对手！"

高大的藤蔓巨人张开双臂，数以万计的毒藤飞射而出，将站在那里一动不动的渊华缠成了一个硕大的刺球。

"哈哈，仙界帝君又怎样，就算破除了诅咒也非我之敌！"

魔尊得意扬扬地就要吸食起渊华的血液，可身体却感到一股刺骨的灼热感。

怎么会！

围着渊华的藤蔓球猛然炸裂，无数焦裂的藤蔓碎片四处飞溅，燃烧着熊熊紫焰的身影挺拔站立，眼眸中寒意逼人。

“不可能！不可能！”魔尊所化的巨人疯狂挥舞着手臂，往渊华身上砸去，直接被缠绕着火焰的斩魔剑断去双臂。

渊华如同火神降世，矫若游龙的身体穿梭于巨人身上各处攻击，很快原本高大的巨人轰然倒下，焦黑的残骸中，灰头土脸的魔尊摇摇晃晃地站起身。

他不甘：“为什么？就算破解了咒术，你我之间的修为也不可能差这么多！”

渊华手执斩魔剑，连眸中都染上了绛紫色的火光。

“木助火燃，她凝聚的仙木之心令我突破了上神的境界，现在我是名副其实的帝君。”渊华语气淡淡，达到当初父神的修为也无法令他欣喜。

魔尊显然看出了这点，他嘴角血迹未干，却肆意笑道：“哈哈，渊华啊渊华，那你依然是孤独的。当初自断与蓉蝉的姻缘，如今又让株小草为你化心，你多可悲啊。”

斩魔剑刺入胸膛，魔尊慢慢地燃为灰烬，但他死前依旧是笑着的。

法阵消散，所有人都目睹了帝君胜利的一刻，欣喜若狂地欢呼起来。

而他，只是漠然伫立，抚摸着胸腔中跳动的仙心。

这样，也算是抱住你了吧。

仙界三十二重天，蓉蝉上神纤细的脖颈被斩魔剑划出了淡淡的血痕，她巧笑倩兮地面对渊华冰凌似的目光。

“对,是我告诉她化心之法可以救你的。”蓉蝉丝毫不愧疚。

渊华见状，手中的斩魔剑又加大了些力道：“你怎么敢如此！”

旁边的老君虽说也对蓉蝉的行为有所不满，但还是怕他们之间打出真火，赶紧拉住渊华，将剑尖推开了些。

蓉蝉大叫：“我有什么不敢的！只要你能活着，无论谁，无论付出多少都是应当的！”

剑光闪烁，须臾之间，一缕青丝掉落蓉蝉肩头，她愣住了。

渊华转身不愿看她：“蓉蝉上神驭下无能，手下私自放魔族入侵，罚其削去神籍，蕴养凡间草木之灵千年。”

老君急了：“帝君，蓉蝉她好歹是你天命姻缘之人，何必……”

蓉蝉自己苦笑道：“不再是了。”她步伐蹒跹，一如往昔，头也不回地降入凡尘。自此，凡间草木之灵数目大增，成仙者也甚多。

“帝君——”

月老仙君气喘吁吁地飞了过来，渊华皱眉：“有话快说。”

“帝君可曾知晓当初甘凝去我府上察看天命姻缘之事？”月老虽急着邀功，但还是忍不住卖了个关子。

渊华仙心一痛，下意识地抚上胸口：“知道。”

月老见此赶紧长话短说：“其实当初我通过姻缘碑早就知晓甘凝会牺牲自己化作你的仙心，于是我就趁她被浮生茶弄晕后，在她魂魄上下了个庇佑的符咒。若是有危及魂魄的情况出现，符咒就会自动护主带她就近重生。”

一连说完一串话后，月老只觉口干舌燥，正等着帝君的赏赐，却发现他早没了踪影。

老君拍拍月老的肩：“你这次做得甚好，帝君找回甘凝定会感激你的。不过，你没及时告诉他，倒可能会令他有些怨气。”

月老哭丧着脸：“我有什么办法，天机不可泄露啊！”

老君坏笑着离开：“你自求多福吧！”自己徒弟没死就是万幸，他决定回去好好炼个丹药，说不定就成了。

凡间灵犀谷，水仙瞧着自己刚生出来的娃娃，眉头越皱越深。

接生婆嗔怪道：“哪有你这样对自己娃娃的，这么可爱的孩子你还有什么不满意？”

水仙默默抱起孩子给谷主，然后幽幽叹道：“谷主，你不觉得这孩子长得很像甘凝吗？”

谷主本来想她是不是一孕傻三年，但真将孩子抱着细细打量后，她突然惊呼：“水仙，难道你和甘凝……”

还好渊华及时赶到，简明扼要地解释清楚了这孩子就是甘凝转世。

水仙翻了个白眼，没想到自己居然成了甘凝的娘。这孩子谁爱带谁带去吧，她顶多做个干娘。

于是最后大家商讨后一致决定还是由谷主抚养甘凝，等她懂事了些，前世记忆恢复得差不多以后，再送到老君府。

光阴荏苒，于我而言，好似一场大梦忽散，我又回到了老君府当起了三弟子。

在吃喝玩乐一两年后，终于长得足够操作丹炉之时，我偷偷炼了个丹。

其实也不是什么奇奇怪怪的东西，我近日很喜欢织女姐姐织就的彩霞，很想拿彩霞做件裙子穿。

而织女姐姐却告诉我想要的话,就得拿颗神奇的丹药来换,我思来想去,前世记忆里最神奇的丹药应该就是这个了吧。

高高兴兴地将丹药装在谷主为我绣的锦囊里,将其挂在脖子上,我蹦蹦跳跳地就准备前去沧澜域。

但因我如今还未到驾驶仙云的年龄,就得麻烦火苗。因此火苗近日颇为嚣张地指使我做这做那,仗着如今比我高一点的身子,简直嚣张得没边了。

好在我跟羿仁告了一次状后,他就收敛了许多。羿仁似乎很喜欢小孩,如今他见了我总是眉眼弯弯,尽是怜爱。

火苗的仙云还算快速,因此他提出去瑶池看看钧芜之时,我也没反对。钧芜也是个喜爱小孩的性子,加上瑶池也和沧澜域顺路,我们就先在瑶池降落。

钧芜最近升了官清闲许多,瞧见我们过来十分高兴地挨个捏起了脸,我倒无所谓,火苗却觉得自己男人的尊严被犯气呼呼地就要与她争执。

一来二去地打闹,火苗兜里掉出的丹瓶与我脖子上挂着的丹瓶一起掉落到了地上。

丹瓶碎裂,两颗一模一样的丹药靠在一起根本分不出哪颗是哪颗。

我小心翼翼地询问:“火苗,你那颗也是变小身体的丹药吗？”

火苗面如死灰：“是老君第一次炼成的变大身体的丹药，我本来准备在钧芫面前吃下，好好嘚瑟一番的……”

我们面面相觑，场面十分尴尬，最后还是钧芫自认为罪魁祸首，视死如归地主动将一颗丹药吞入口中。

于是，在我们紧张的注视下，她变成了一个跟火苗差不多高的小女孩。

“哈哈哈……”

我跟火苗的笑声几乎要将瑶池吵翻天，特别是火苗开心得不行，他虽变不回青年，但钧芫跟他一起做孩子倒也不错。

我提醒道：“这丹是我随手炼的，时效应该不长。”

火苗毫不在意：“现在这样就很好了。”

于是为了不打扰他们，我服下变大的丹药，变回十八岁少女的模样，驾驶着仙云独自去了沧澜域。

飞行路上，我还仔细查看了自己的身体，不由得埋怨，怎么都重生成了水仙花，胸还是这么小。

把丹药吃了的我毫不担心，织女姐姐好说话得很，我就回头再炼制一颗给她就好了。

而今日的沧澜域却空空荡荡的，奇怪得很，唯有一道熟悉的身影挺拔伫立于斑斓彩霞之上，他回头见到是我，眼中扬起笑意。

“怎么变了回来？”

我扑进他的怀里，软糯道：“不好吗？”

“很好。”怎么渊华的声音好像沙哑了一些。

他避开我审视的目光，远处有一件流光溢彩的仙裙，我的目光立马黏在其上挪不开来。

“这是……”

“拜托织女给你做的裙子，可以随意变幻大小和色彩。”

我搂着渊华的脖子差点高兴得蹦起来，渊华也太体贴人了吧！

“咳咳……”渊华目光炯炯地盯着我。

我纳闷道：“怎么了，要跟我收费不成？”

他耳根微微泛红，轻声道：“晚上去我的寝殿，换给我看好不好？”

竟然，是这种要求啊……我用几乎是跟蚊子差不多的声音回了声“嗯”。

他轻轻抱住我，眸中莹亮的神采让人沉醉其中。

“真乖，我与老君说让你升职了。”

我兴奋地在他怀里咯咯笑了起来，难道是提拔我为大管事，取代羿仁吗？只是，原来这是要去他寝殿穿仙裙换来的啊，有些不好意思呢……

我红着脸想些有的没的，额头却落下温热一吻。

我不禁愣住出神，原来我升官渊华如此为我高兴！

他笑了，整个沧澜域五彩云霞弥漫，万千繁星璀璨迷人。他的声音低沉深情：“甘凝，做帝君夫人，可愿？”

心中似有万千花树盛开，我紧紧搂住他，生怕这是一场幻境：“哪怕永生永世，吾愿不改。”

“如此甚好。”

这回是唇上落了吻。

番外

两个小孩

太乾老君府甘凝的房间里，两个看起来不过七八岁的小童，正叠着罗汉伸手想抓到一样物什。

“快点！你够到没有啊！”底下的火苗双腿发颤，咬牙问道。

“哎呀！你再踮一踮脚，就差一点了！”钧芫努力地伸着手，可好像永远都离那个锦囊差了一点。

“啊，够到了。”

随着钧芫兴奋的喊声，火苗终于支撑不住，仰面倒下。钧芫吓得紧紧抱住他的头，结果两人都摔得够呛。

为了防止钧芫生气跟他算账，火苗赶紧扶起她，然后打开锦囊检查丹药。

“哈哈，她果然准备了一颗变回身体的丹药。”

“一颗？”钧芫有些失落。

火苗倒是乐呵呵地将丹药塞进她手里："反正都是甘凝炼的丹药，正好用来解除你之前吞的那颗。她也是不靠谱的，说时效不长这都多久了你还是这样。要不是她还待在帝君那儿，我必须好好收拾她！"

而火苗的话并没有动摇钧芫，她反而越发觉得难过。火苗总是这般待她，从不考虑自己的感受。她只觉得愧疚难忍，望着火苗粉嘟嘟的小脸蛋忽然下了决心。

"走，我们去求西瑶上神赐下瑶光神水吧！"钧芫抓住他的手就往外跑，生怕耽搁。

火苗茫然地被她拽着，到了仙云上才回过神："什么是瑶光神水？"

钧芫神色严肃："那是瑶池深处的大阵萃取出的灵液，千年一滴，它的功用逆天至极。无论何种丹药灵草，只要是蕴有灵力之物滴上一滴，它的能力就会翻上一倍。只要我们能求得一滴神水，丹药对半分都足以让我们一起变回来。"

"但如此珍贵的神水我为何要给你呢？"西瑶上神打了个哈欠，说的话与火苗心里想的一样。

钧芫有些紧张，手心的汗连火苗都能看得一清二楚。

"属下，属下可以不要俸禄为瑶池奉献五百年。"

"你疯了！"钧芫第一次见到火苗如此气急败坏，他甚至甩开她的手，大步流星地走到西瑶上神身边，不知说了些什么。

他怎么这么不识好歹，自己也是为了大家好嘛，钧芜抚摸着被他甩开的手，眼眶里不知不觉间多了浓郁的湿气。

“好了，神水到手我们走吧。”钧芜难以置信地抬起头，西瑶上神无奈地点了点头，没好气地遣他们出去。

小手被火苗握得发烫，钧芜好奇地问：“你是怎么说服上神的？她可不怎么好说话。”

火苗得意地仰起头，没回答她，而是先将瑶光神水滴在丹药上，自己服了半颗下去。

“你那么急干吗！”钧芜噘嘴不满道。

下一刻她就惊呆了，因为他变成了身高八尺的挺拔青年，披散着一头赤红的长发，只是眉眼处还有些火苗的模样。

他坏笑道：“你真不知当初我的名号是炎君吗，连西瑶上神都欠着我人情呢。”

钧芜呆呆地站在原地，还未反应过来就被他抱了起来，低沉的声音对着她的耳朵道：“还不服药？甘凝这次靠谱不少啊。”

钧芜下意识地服下丹药，结果发现自己变回去后，也仅仅到炎君的胸口，“咚咚”的心跳声震得她心慌意乱。

“钧芜，现在我能追你了吗？”

哼，明知故问。

但她还是小声地回道：“嗯。”